羅刹国通信

津原泰水
Tsuhara Yasumi

東京創元社

目次

羅刹国通信

この四年間、喧嘩のたびに母がわたしを鬼といって罵《ののし》るので、わたしのほうもすっかりそういう気分だ。

叔父を殺したことは固く秘しておくべきだったと今は思うが、小学六年のわたしにはその判断がつきかねた。自殺なんて自殺するなんてと母が、彼にとってきた態度を悔《く》やんで泣き続けるものだから、本当はわたしが後ろから突き落としたのだとわかれば、すこしは気が楽になるかと思ったのだ。

あてはすっかり外れて、母は髪ふり乱してわたしにつかみかかってきた。

なんで、なんで、と答がわかっているであろう問いを絞りだしながら、わたしの肩をゆさぶった。咽《のど》を拇指《おやゆび》で強く抑えられていたので、わたしには返事ができなかった。

鬼だ。おまえは鬼だ。鬼だ。

兄と父とに取りおさえられたあとも、母は近所一帯に響くような声でそう叫び続けた。わたしは咳きこみながらその蒼ざめた面相を見返して、あなたのほうがよほど鬼か亡者のようですねと思った。
しかしその娘なのだから、わたしにはやはり鬼の資質があったのだ。きっとそうだ。

羅刹国通信

叔父は迷惑な人だった。

長時間続けて眠るということができなかったので、いつも疲弊《ひへい》して苛立っており、気に食わないことをいわれると物を投げて暴れた。

眠れないのは、震災の夢をみるからだ。叔父の妻——わたしの叔母は、倒壊した家屋にのされて死んだ。

きのうの地震、と叔父が切りだせば、それは震災のことだった。叔父の言葉づかいにわたしたちは間もなく慣れたが、かといって、わずか三十時間前のこととして惨事を嘆いている彼に、話を合わせ続けるのは辛い。

きのうじゃないよ、去年だよ、と訂正を入れるのは、いつもわたしだった。

ああ、もう去年の話か。ぼうっとして勘違いしていた。

その時はそんなふうにいって叔父も納得をするのだが、しばらく経つとまた、きのうの、きのうの、といいはじめる。

叔父の時計は狂っていた。

地震の発生から救出までに時間がかかったことを彼はよく理解していたし、四箇月にわたる病院暮らしの、細細《こまごま》としたことも憶えていたが、にもかかわらず脳の深いところで、地震が起きたのは「きのうの朝」だと信じこんでいる。

ともすれば上下も見失いがちな、塵芥《ちりあくた》に満ちた棺桶ほどの空間。叔父は叔母の屍体と向きあったまま、そこで三晩を過ごした。

困難な呼吸の下で、叔父はただ死の訪れを待っていた。ほんの次の瞬間、それは訪れるはずのものだった。今わの際《きわ》の数秒というのは、ずいぶん長く感じられるものだと思ったそうだ。

看護婦の口からまる三日間だと聞き、道理で長かったわけだと納得したというから、時間の観念がまるきり吹き飛んでしまったわけではない。

にもかかわらず地震の記憶は、一向に遠ざからない。

短針の止まった叔父の時計。

地震が「きのうの朝」ならば、叔父の心はいつも瓦礫《がれき》の底にあったことになる。烟《けむ》った小さな闇のなかに。

ＰＴＳＤというのだ。Post-Traumatic Stress Disorder である。

厭《いと》わしい記憶が遠ざからない。というよりも、まず記憶と化してくれない。

だから居眠りのたび、瓦礫の下の妻の遺骸のかたわらへ、魂が舞い戻ってしまう。

その頃からすでに週に何度も学校帰りに市立図書館に立ちより、建物に居着いた亡霊さながらに書架という書架を熟知していたわたしは、叔父の病についても、手際よく調べをつけていた。

それが紛《まぎ》れもなく病気であること、そしていつか治るものであることを知っていた。

だけど肝心要《かなめ》の、わたしたちがいちばん知りたかったこと――わたしたちはいったいいつまで待ち続ければいいのか、いつまで叔父に耐えていればいいのかを、明言している本は一冊も見当たらなかった。

病気が一年続いて、叔父はしきりに死にたいというようになった。

すっかり憔悴《しょうすい》して、まるきり死と隣合せであるかのような叔父が、なお死への憧憬《しょうけい》を語るのを聞き、人間というのはよほど死ねない生きものなのでしょうとわたしは思った。

ある夜の食事で、母の手から椀を受けとろうとした叔父は、それを取り落とし、おつけを自分の膝にぶちまけてしまった。

せっかく彼にしては機嫌よく、どうせろくろく食べられやしないというのに、無理をして部屋から出てきて食卓についた、その直後、そういうことが起きた。

手が、目測を裏切ったようだった。

手の動きに限ったことではなく、万事にわたって叔父はそういう有様であり、ものにつかまらなければ歩けなかったし、時には眼球すら思うように動かないらしく、わざと右側に顎を引き、視界の左端で睨みつけるようにしてわたしたちを見ていたものだ。

おつけの熱さにか、それとも腑甲斐《ふがい》ない自分の手に対してか、彼は逆上した。終始かたかた震えっぱなしの手で、畳の上の椀をつかんで、それを卓袱台《ちゃぶだい》に投げつけた。椀は跳ね、母の顔に当たった。

わたしたちはだれも驚かなかった。あの頃にはもう、そういったことは特別な出来事ではなくなっていた。

バウンドによる偶然が介在していたぶん、温和な部類だったといえる。

実の兄妹だけに、感情を露《あらわ》にしやすいらしく、母は母でよく叔父を怒鳴りつけていたし、叔父のほうもそういう母に対して、肩を突いたり、頬を張ったりしていた。椀の行方は叔父にも予測できなかったはずだから、まだしもそれは、穏やかな暴力だったのだ。

腹立ちまぎれに、目についた物を手当たりしだい投げたり蹴ったりすることも、叔父には日課のようなものだった。そうなるとだれも近づけない。

ずいぶん食器が毀《こわ》された。家じゅうの襖《ふすま》が破れたり折れたりし、硝子《ガラス》は荷造り用のテープで修繕されていた。換えても換えても換えても、きりがないのである。箪笥《たんす》や壁も瑕《きず》だらけだった。

にもかかわらずあの夜の食卓が、ことさらわたしの記憶に鮮やかなのは、手で、椀の当たっ

た片眼を被《おお》った母が、

「死ね」

とつぶやくのをこの耳で聞いたからだ。唇の間の空気を、ただ舌先で追いだしたような無声音だったが、わたしには聞えた。

叔父の死がもはや、叔父自身を含めた家族全員の願いであることを、そのときわたしは悟った。正しい認識のはずだった。

＊

向かいの網棚《あみだな》に鞄を放りあげ、へたりこむようにその下に腰をおろしたのは、痩せて、異様にぎょろりとした眼をした少年だった。

同じ高校の制服だが、学校で見かけた記憶はない。

脚の間で両手を握りあわせて、ぶつぶつと独り言をいいはじめた。

視界の上端でそのさまを観察しながら、けっして視線を合わせてはいけない相手だと思った。開いていた文庫本の頁《ページ》に、意識を集中させるよう努めた。

異様、というのはもちろんわたしの主観であって、見ようによっては腺病質《せんびょうしつ》な中性美を湛えた容貌であったかもしれない。ただ痩せた男性というだけで、パブロフ博士の犬が涎《よだれ》を流すようにその後ろ姿に目が釘付けという少女だって少なくはないのだし。

独り言だって、いったん美的な存在と彼を看做《みな》してしまえば、夢見がちな魂の発露とでも感じられたかもしれない。だいいちそれは、もし膝の間の手に暗記用の短冊《たんざく》でも握られていれば、英熟語か年号の語呂合わせを唇で憶えようとしているのだと納得される程度の、低く、単調なつぶやきであった。

しかしわたしの耳には禍々《まがまが》しかった。

聞くまいとしてかえって意識してしまうからだろうか、実際に隔《へだ》たっている距離より、ずっと近い声に聞えてならない。耳許でささやかれているようだ。

内容は聞きとれない。日本語であることはかろうじてわかる。

泣き疲れた女を思わせる、声変わりしきらぬ掠《かす》れ声の、いつ果てるとも知れない祈禱《きとう》連歌。まとわりついてくる。わたしは懸命に本を読んだ。

目が文章をどんどん上滑って、気がつけば視点は見開きの最終行にある。

頁をめくって、とたんに理解できず、前の頁に戻ってみれば、知らない文章が並んでいる。

遡《さかのぼ》って遡って、ようやく目が憶えている一文を見つけると、けっきょくそれは少年が車内に現れた時、ちょうど読み終えたところの箇所だった。一語として読めていないのだ。

冷房風をとても冷たく感じて、いつしか額の生え際を黴《かび》のように被っている、微細な汗を意識した。指で拭えば、少年に弱味を見せることになる気がして、むず痒《がゆ》いのを我慢して放っておいた。

こういう時は、なにひとつ反応してはいけない。

見ても聞いてもいけない。

叔父を殺してからこっち、わたしは人間に敏感である。

わたしが叔父を殺したことを、知っているのは家族だけだ。母であれ父であれ兄であれ、いままでにそのことをだれかに洩らしたとすれば、わたしがいま、こうして平穏に高校生活を送れているはずがない。

だが、なにも知らないはずの学校教師が、近所のコンビニエンスの店員が、あるいは通りすがりの老人が、ぎくりとするような言葉を投げかけてきたり、わたしの目の前でつぶやくことがある。

……かわいそうな叔父さん……

……あなたが殺した……

……罪を知ってるよ……

そういった断片に、わたしは射竦《いすく》められ、しばらくのあいだ頭のなかが真白になってしまうので、どういう前後を持った科白《せりふ》かはいつもわからずじまい。

聞き違えや幻聴に近いものなのかもしれないが、強く反応して見せれば、わたしがどのように聞き違えたのかを相手に悟られかねない。

無反応を心掛けている。相手の顔すら見返さないことだ。

その後はもう、その人物には近づかないことだ。

なにか電波のようなものを、自分は発しているのかもしれないと思う。人殺しに特有の電波を。

彼らはそれを受信できる人達なのかもしれない。だから決して油断できない。

……いるいる、ここにも鬼がいる……

なのに、わたしは反応してしまった。そう聞きとれた瞬間、少年のほうを見返してしまったのだ。

「傑作だな、驚いているよ。うまく隠れてるつもりでいたらしい」

少年は眼を見開いて微笑している。

「どうせ周囲は善人ばかりで角《つの》なんか見えやしないと思っている。それとも自分でも頭の角を意識したことがないのかな」

ばさと音がして、自分が本を床に取り落としたことに気づいた。膝に載せていた鞄を横の空席に置き、腰を屈めてカバーの外れた本に手を伸ばしていると、瑕だらけの、形の崩れた黒革靴が視界に踏みいってきた。

「人殺しのくせに自分が鬼だと気づいていない間抜けかな。ラセツの国をただ亡者のように彷徨《さまよ》って、気づいた時には虚無に放りだされている最悪のパターンかな」

ラセツ……羅刹という字面はなんとなく思いうかんだが、その意味するところがなんだったかは思いだせない。知っていたはずだが、思いうかばない。

そんな場合ではない。この少年はあきらかに、わたしの過去の犯罪を知っている。

目撃者？

電波？

本をつかんで軀《からだ》を起こした。少年は吊り革にぶら下がるようにして、まるでわたしに被いかぶさらんばかりである。もう何日も同じ制服を着たきりなのか、酸《す》っぱい、厭《いや》なにおいが鼻を突いた。

息を止めて、視線を上げた。

目に飛びこんできたのは、少年の顎の、黒ずんだ産毛《うぶげ》のなかに咲いた大きな面皰《にきび》である。中心に白い脂肪が覗いている。

少年はまだ喋り続けているが、もはやわたしの耳には一語として意味を成さない。胃がぐるりと前転するような感覚があり、このままでは車内で嘔吐してしまうと思った。

車両が揺れた。

停車だ。

わたしの横で、ドアが大きな音をたてて開いた。いつもの習慣で、わたしはシートのいちばん端に腰掛けていた。それ以外にはまず坐らない。他に坐るところが空いていても、端が埋まっていたら立ったままで降車駅まで乗り続けることが多い。

わたしは鞄をつかんで座席を立った。肩が少年の胸を突いたが、足は止めなかった。ふり返りもしなかった。

どこの駅なのかわからぬままにプラットフォームに飛びだし、人の流れている方向に早足で進んだ。

階段を駆けあがり、自動改札の向こうの売店のようすを見て初めて、まだ学校の最寄りからたった二つめの駅であることを悟ったが、ひょっとして今の少年が追ってくるのではないかという気がしたので、とり急ぎ改札を抜けた。それからようやく、後ろをふり返った。

てんでんばらばらに動きまわる無数の人影。群集。

なかに、制服の白シャツは見当たらない。

嘔吐感が遠のいていく。

しかししばらくは、ふたたび電車に乗る気がしなかった。

駅の外に出てみると、ロータリーを越えたところに、赤い地に黄色のマクドナルドのマークが見えた。初めて見る店舗だ。新しく出来たらしい。

横断歩道を渡る。渡りきったところに、誂《あつら》えむきに煙草《たばこ》の自動販売機が並んでいた。軽いメンソール煙草を一箱買った。

マクドナルドに向かいながら、鞄の底をまさぐって、百円ライターの感触を確認する。

二階の喫煙席で、運んできたアイスコーヒーを飲み飲み、煙草をくゆらせていると、だいぶ気分が落ちついてきた。

同じ学校に、ひとりおかしな人間がいる。それだけのことだ。

たぶん学年が違う。向こうが先に卒業していく。もう接点はあるまい。

これを吸いおわったら席を立とうという、三本めが、半分ほどの長さになった頃、ネクタイを緩めた、シャツ姿の中年男がテーブルに近づいてきて、

「制服姿で堂々と吸うかね」

と向かいの椅子の背もたれに手を置いた。

補導員かと身を強《こわ》ばらせたが、顔を見返して、違うと確信した。

日焼けにしては青みがかった顔色をした、太りじしの男だった。周囲に視線を配ってみると、飲みものと灰皿と角形の営業鞄が置かれた、無人のテーブルがひとつある。

出来のいい社員が、ふと生じた予定の空白を潰すような場所じゃあないが、それを嘲笑できる立場のわたしでもない。

わたしの父だって、外廻りの途中、こういう所で涼んでいるかもしれない。時には娘ほどの少女に、からかい半分で声をかけていないとも限らない。

ステンレスの灰皿のなかで煙草を揉み消して、

「なんで、わたしに声掛けようと思いました？」

「なんでって、制服でね」

「それだけ？　なにか特別に見えます？　わたし」

男は真面目くさった表情で、視線をあたりに泳がせた。それから、

「可愛いよね。美人だよね」

「それだけ？」

「まあ、それだけかな」

安堵した。

「なにか奢《おご》ろうか」

わたしはかぶりを振った。

「はっきり交渉していいですよ」

男は眉をひそめた。しかし眼に、さっきまでは見られなかった輝きが宿っている。

「処女だから二十万。現金」

ちゃ、と音をたてて男は唇を開いた。しばらくして、

「処女が売るかい」

「血、出ますよ」

「手品だろ」

「持ってないなら消えて」

男は離れていった。


黄色い地面には、雑草の影もない。

不定期に襲ってくる猛烈な驟雨《しゅうう》が、ただ濁流となって流れ去るばかりで、地表になんの命も育まないのは、きっと雨そのものが毒を含んでいるからだ。

しかしわたしたちには、ほかに啜《すす》るべき水がない。

やがて雲間に真白な太陽が顔を出せば、たちまち大気は灼熱に満ちて、水溜りも泥もたちまち煮えたぎる。わたしたちは体液の沸騰を恐れて、岩場の蔭《かげ》へと逃げこむ。

岩蔭を争っての殺しあいは、日常茶飯事だ。

日向《ひなた》にいればどうせ干涸《ひから》びて死んでしまうのだから、命を賭すだけの価値はある。

だがそうもして手に入れた岩蔭も、太陽の奇妙な動きとともに、大概、刻々と減じていく。たとえ減じなくても、蔭が生じるような崖下というのは、崖上から降りそそぐ落石や落砂や、熱風が運んでくる砂塵《さじん》によって、どんどんどんどん、埋もれていくのである。

そうなればまた新しい日蔭を求め、わたしたちは灼熱のなかに歩みださねばならない。

あきらめて、砂のなかに留まる者もいる。だが熱砂に埋もれての死は、あまりに苦しげだ。

簡単には埋もれきらない大きな岩蔭も、あるにはある。

でも安全なのは、次の雨まで。

刃物のように切りたった岩々の、岩質はきわめて柔らかいのだ。一雨ごとに大きく削られ、様相を一変させる。

気がつけば蔭は日向になり、さっきまでの日向には黒々とした岩蔭ができ、そしてさっそく、砂に埋もれはじめている。

簡単には埋もれきらぬほど大きな岩蔭は、また強き者たちに狙われやすくもある。わたしたち弱き者たちは、ごきぶりのように小さな蔭から蔭へ転々としているほうがむしろ安全である。ごきぶり。

ああ、ごきぶり。あんな虫でもこの地にいてくれたなら、わたしは迷わずその苦い体液を啜り、かさかさした外殻を嚙みしめて嚥下《えんげ》するのに。

餓《う》えは、いかんともしがたい。

まえ食べものを口にしたのは、いったいいつのことだったろう。そもそもわたしたちは、この不毛の地で、なにを口にして生き延びてきたのか?

灼熱のなかで、あらゆる記憶は遠く、曖昧だ。最後の食事は、あるいはこの過酷な世界が始まるより、以前のことだったかもしれない。

とすれば、この世界はまだ生まれたてなのだ。

すでに永劫に近い時が流れたように、感じられるけれど。

……思いだされてきた。頭の芯がはっきりしてきた。

わたしはまだ、この世界の夜を見ていない。まだ最初の一日が暮れてない。

そんな事実すら、普段は意識から抜け落ちている。暑さに茹だりきっているのだ。

早くまた、毒の雨が降らないかしら。すくなくとも渇きは癒える。

二十万円。砂塵雑《ま》じりの風に目を細めながら、わたしはお金を夢想した。わたしが自分の処女膜につけた値段だ。

もしあの男が払うといったら、わたしはどこへでもついていったろう。数十分の我慢の対価として、二十万なら申しぶんない。

二十万、なにに遣う？　流行《はや》りの洋服と帽子。あまり興味がない。

だいいちどこに着ていくというの。ついでに髪の色も抜いて、唇をぬめらせ、ひとりで街を彷徨って、また売春して稼ぐというのもひとつの選択ではあるけどね。

それともこっそり携帯電話を買って、その料金の支払いに充てようか。

でもだれに掛けるんだろう。だれから掛かってくるだろう。

陰のいちばん奥まったところにしゃがんでいた男が、突然奇声をあげながら日向すれすれまで飛びだし、手と膝をついた。頭からも衣からも、砂が筋になって流れ落ちている。ぼんやりしているあいだに、落砂に埋もれかけたらしい。

見廻せば、岩蔭はもう、辿り着いた時の三分の一にまで減じている。ここもそろそろ見捨て時のようだ。

わたしが出ていけば、みなは黙ってついてくるだろう。全員が全員、恐ろしく弱き者たちだ。いちばん若いわたしを頼ってばかりの、烏合《うごう》の衆だ。

老若男女、八人が、今のところ行動を共にしている。

いや七人だ。前の雨で、女がひとり濁流に呑まれた。溺れていないとしても、きっと陰ひとつない平地まで押し流されてしまったことだろう。どちらにしても命はない。

伸び放題の前髪を掻きあげて、生え際のふたつの隆起に引っかける。

垢《あか》じみて獣臭くなった粗布の衣の、前を開いて、纏《まと》いなおす。

萎《しな》びた乳房、骨の浮いた脇腹、餓えに腫れあがった下腹……赤くざらついた皮膚に被われた自分の躯を見下ろすたび、いったいなんでこれを惜しまねばならないのかと感じる。しかしそれが今のわたしなのだ。

杖を握って引き寄せ、それを支えに立ちあがる。赤錆びた、重たい鉄の杖だ。上端が鉤形に曲がっている。本当はなにかの作業具なんだろう。

どこで拾ったものだったか、それともだれかから預かったきりなのか、そんなことも今はもう忘れてしまった。

確かなのは、わたしの物なのであれ他人の物であれ、いまこの集団のなかでこれを突いて歩くだけの体力がある者は、わたしひとりだけだということだ。

他の者たちもわたしに倣《なら》って、ぐずぐずながら立ちあがった。

黄色い灼熱光の世界に踏みだせば、足の裏がたちまち音をたてて焦げ、一歩一歩に煙が生じる。

熱風が顔を焼き、皮膚が攣《つ》れ、まるで笑い顔になる。息をすれば肺が煮え、くつくつと体内で音をたてる。

やがて髪の毛の先が発火して、厭なにおいをたてはじめた。


胃がむかついて、朝食は、お膳のほうを見ることもできなかった。

かぶりを振って、においに近づこうとしないわたしに、

「また」

と母は顔をしかめたが、すぐまたこちらを見返して、わたしを観察し、

「病院に寄ってく?」

「ううん、部屋でコーヒーだけ飲む」

「横にでもなってなさい。持ってってたげるから」

よっぽどひどい顔色なのだろう。だが病院に行ったところでどうにもならない。夢が原因では効く薬もあるまい。

電車のなかで浴びせられた呪詛《じゅそ》の、後遺症だ。

もう思いださないようにと、一時も早く記憶から消去してしまおうと念じていたのに、意識深層では忘れるどころか、映像化が着々と進行していたわけだ。

……岩蔭の奥から、とつぜん飛びだしてきた男。

あの男が必死で砂を払い落としているさまが、目覚めたあと、脳裡に最も明瞭な一場面だった。

痩せこけた身に襤褸《ぼろ》を纏い、生気というものがほとんど感じられなかった。髪はざんばらで、その生え際のあたりにふたつ、ねじくれた古木のような隆起があった。

地獄絵の、鬼とよく似た顔つきだった。

そして自分がその同類であることを、夢のなかのわたしははっきりと自覚していたのである。

羅刹の国だ。蔭を求めて鬼どもが争う、灼熱地獄。

人殺しはみな、あの世界へ墜ちるというのか。きのうの少年はわたしにそう告げていたんだろうか。

うつむきがちに自室に向かっていると、夢のなかの、またべつのなにかが脳裡をよぎり、同時に苦いものが咽に込みあげてきた。

自分でもびっくりしながら、壁に手を置き、唾を飲みこんで凌《しの》いだ。

胃が勝手に暴れている。

次の波は堪えきれないと判断して、洗面所へと駆けた。

ちょうどトイレから出てきた兄を押しのけるように、洗面台を抱えこんだ。と同時に、咽の奥から苦い液体が噴出した。

なにかいがいがした物や、薄い紙のようなものもなかに雑じっているのを感じた。

「お母さん、理恵《りえ》が」

兄の跫音《あしおと》が遠ざかっていく。

ひとしきり嘔吐し終えて、まだ夾雑物《きょうざつぶつ》の一部が咽に張りついているようだったので、空咳をして、唾ごとその感触を吐きだした。

瞬《まばた》きをし、涙を眼から追いだして、自分が洗面台を見おろす。

肢《あし》、翅《はね》、平たく潰れた腹、複眼と触角のある頭部……大型の昆虫の、咀嚼《そしゃく》された残骸がそこに散らばっていた。

色彩からいって、ごきぶりに違いなかった。

わたしは平静を保《たも》とうとした。これは夢だ。夢の次の位相なのだ。

さっき廊下で脳裡をよぎったものが思いだされた。それは、ごきぶりすら欲するほどの、羅刹の国での強烈な飢餓《きが》のイメージだった。

ごきぶりが、このステージへの入口だったのだ。

次の入口は？　いや、進む必要などない。目を覚ましてしまえばすべてが終わる。

目を覚ませ。わたしは顔をあげた。

鏡の向こうから、初め、だれか別人が覗いているのだと思った。

赤く荒れた皮膚。血走った眼球の下の、墨を塗りたくったような隈《くま》。

唇や顎は胃液に濡れててらてらと光り、そして生え際の左右が、鋭角的な石でも埋めこんだように隆起している。

触れると、表面は薄い皮膚に被われている。指の感触もそうだし、隆起の側でも指の圧迫を感じる。

中身は皮膚よりずっと堅い。しかし骨ほどには堅くない。たぶん爪ほどでもない。

堅めのゴム塊程度だ。壁に思いきりぶつけると変形しそうなくらいの、いかにも動物的な堅さで、しかも驚くほどに熱が籠っている。血が通っているのだ。

わたしの一部だった。角である。

角を生やした異形が、セーラー服を纏い、呆気にとられてこちらを見返していた。

これが……この姿が、このステージのわたし。

笑ってみた。鼻孔が左右に拡がり、汚れた唇のあいだに黄ばんだ歯が覗いた。

醜い。なんておぞましい。

なんて滑稽。

あ、遠ざかる。

遠ざかれ。

二十万、なにに遣う?

こっそり携帯電話を買って、その支払いに充てようか。

でもだれに掛けるんだろう。

だれから掛かってくるだろう。

＊

ごきぶりや携帯電話が次のステージへの入口ではなく、現実への出口であったことを、やがてわたしは認めた。認めざるをえなかった。

翌日になっても翌々日になっても、母や兄はわたしがごきぶりを吐きもどして失神したことを憶えていたし、鏡のなかのわたしの額には、相変わらず角が生えたままである。

これが現実のわたし。何年も母に罵られ続けてきたとおり、電車のなかで少年から指摘されたとおり、わたしは鬼なのだ。

ただし普通の人の目に、鬼の証拠たるこのふたつの角は認識されないようだ。

「角、わたし、いつから生えてた?」

恐るおそる兄に訊ねた。倒れた、その晩である。

「角？」

と兄が首を傾げるので、震えがちな手でその片方に触れて、

「これ」

「ぶつけたのか。いや、でも瘤《こぶ》にはなってないぞ」

家族では、きっとわたしを見慣れすぎているのだと思い、翌日学校で、

「変なこと訊くようだけど、わたし、このあたり普通より出っぱってない？」

と比較的よく口をきく子の前で、わざわざ角を撫でながらいってみたのだが、やはり首を傾げている。

「触ってみて」

わたしは彼女の手を取って、角の片方へと導いた。彼女の指先がわたしの角に触れた。その冷えた感触をわたしは、角ではっきりと感じている。なのに彼女は、

「まるい」

というのである。

「おでこ広いよね。でも変なほどじゃないよ」

見ても、触れても、彼らにはわからないのだ。しかしわたしには見える、見えるようになった。鏡にも、夜の窓にもくっきりとそれは映り、手で触れることもできる。

……いるいる、ここにも鬼がいる……

わたしは現実を現実として受け容れたが、いつの間にごきぶりを食べたりしたのか、それだけが杳《よう》としてわからない。記憶にない。眠っているあいだのことに違いない。

疑念が生じた。

可能性は三つだ。

眠っているあいだに、よほど偶然、ごきぶりがみずから口のなかに入ってきて、わたしが眠りながらそれを咀嚼し、呑みこんだか。

やはり眠りながら、夢遊病のように自分でごきぶりを捕えて、口に運んだか。

あるいは眠っているか半覚醒の状態で、だれかに食べさせられたかだ。

三つめの可能性に気づくと、わたしは家族が怖くなった。

夜、眠らなくなった。眠ってしまうと、夢の世界でも現実でも、なにが起こるかわからない。

深夜のテレビについてはうるさくいわない家庭なので、夜、いちおうパジャマに着替え、歯も磨いておきながら、だらだらと居間のテレビの前に居坐り続ける。

居間から兄が消え、父が消え、そして母が消えて、夜半にはわたしひとりになる。兄がふたたび自室から出てきて、一緒に深夜ドラマを覗きこんだりもするが、テレビショッピングばかりが連続して流れる時間帯になると、辟易《へきえき》したようにまた部屋に戻ってしまう。なんであれ、わたしは見続ける。そうこうするうち早朝の番組になる。ようやくテレビを消して、いったん自室に引きあげる。

そして漫然と、明るくなるのを待つのだ。

むろん眠らないといっても、睡眠に近い休息はこまぎれに取っているのである。授業中や、テレビの前や、あるいは明け方の自室の椅子の上で。

瞼《まぶた》が落ち、思考が混濁してくる。こうも混濁しているということは、睡眠に移行中なのだなと自分でわかる。その認識さえもやがて混濁してくる。

しかし睡眠の領域には踏みこまない。果敢に引き返し、やがて完全に覚醒する。現実との接点を常に保っておくのだ。引き返しにははじめ多大な苦痛が伴ったが、二日三日で難なくできるようになった。軀が慣れた。

この休息法なら授業中でも、教師に名前を呼ばれれば、すぐ覚醒して反応できる。部屋にいて、もしだれかがこっそりと入ってきても、即座に目覚める自信があった。

羅刹の国を覗くこともない。

いつまで続けられるやり方かはわからない。しかし十日以上そのように過ごしていてなお、わたしはあんがい元気なままであり、覚醒しているあいだもむしろ鋭敏さが増したようで、このぶんだと一生でも同じ調子で過ごせるのではないかと思っていた。

額の角はこころもち長さを増し、先端が尖った。

叔父の顔を見たのは、そのようにして迎える二度めの月曜の、未明だった。まる四年ぶりの再会。わたしが背中を押して以来。

まるで躁状態の子供のように、テレビ局というのは二十四時間、けたたましくそしてたどたどしくなにかを語り続けているけれど、ゆいいつ月曜の未明は例外だ。疳《かん》高く単調な悲鳴をあげたあと、雑然としたモノクロームの昏睡に墜ちる。

映像化された無信号。砂嵐。

その蠢《うごめ》く虚無のなかに、叔父の顔があった。

眼と口を大きく開いて、放心しているようにも、なにか叫んでいるようにも見えた。だが言葉や悲鳴を発しているとしても、こちらの耳に届くのは盛大なノイズばかり。音声化された無信号。

わたしは半覚醒の薄目で、じっと画面のなかの彼を見つめていた。

錯覚だからそのうち失せて、見馴れたノイズに還元されるだろうと踏んで、その還元の瞬間を待っていたのだ。

しかし見つめても見つめても、叔父は消失しない。去ってくれない。

これは叔父さんの、きのうの朝の表情かしら。

きのうの朝じゃなかった。きのうの朝というのはきのうじゃなくて四年前なのであった。

意識が混濁してる。叔父さん、意識が混濁してますよ。

理恵、匪《ひ》ノ岬《みさき》の灯台、見たことあるか。

混濁しているのはわたしの意識だ。なんで唐突に灯台の話なんかするんだろうとふしぎに思った。

あの頃の叔父さんの言葉は、どれもこれも唐突で脈絡がなかったけど。

無理して笑って、もう死にたいよ、といってた後だったから、きっと死にいくのにつきあってほしいって意味だと、わたし、思ったのね。

だって灯台って自殺の名所じゃない。あれはドラマのなかだけかしら。

だからきのう、行くんだったら付きあうよって、わたしいったの。

わたし、本当は叔父さんが好きでした。

二十万なら申しぶんない。

混濁してる。引き返さなきゃ。


髪の毛の炎上した部分を、手に握りこんではちぎり棄《す》てながら、熱気の向こうに揺らぐ岩蔭を目指して、わたしたちは進む。

焼けた砂に埋もれがちな素足は、火脹《ぶく》れに火脹れが重なり、もはや熱さを感じることもできず、ただひたすらに痛い。

一歩あゆむごと、膝や腿にまで激痛が這いのぼってくる。

懸命に歯を食いしばっていないと、前のめりに転んでしまいそうだ。しかし転べば、軀じゅうが熱砂にまみれてなお苦しい。

若いわたしの肉体は、まだしも損傷を受けにくい。老いたなかには、剝離《はくり》した皮膚を引きずるようにして歩いている者もいる。爛《ただ》れから沁みだす体液で纏った衣が身に貼りつき、脱ぐに脱げなくなってしまった者もいる。

あの岩蔭に、先客がないことを祈っている。ここからでは確認できない。

もうずいぶん近づいているのだ。だが日向にいる時間が長いほどに、眼球が煮え滾《たぎ》って視力が失われていく。今や、自分が突いている杖の先すら、朦朧《もうろう》と、遙かな景色のようにしか見えない。

鉄の杖はすっかり熱を持って、うっすら赤く輝いてさえいる。掌が焼けて、じいじい音をたてている。

衣のそこかしこから煙が涌きだしている。しかしアスベストででも出来ているのか、ふしぎと燃えあがることはない。わたしが縫った衣ではないから詳しいことはわからない。

煙り方に差異こそあるが他の者の衣もみなそうで、思えば、燃える衣はみな燃え尽くしているのだろう、この世界では。

もしあの蔭に先客がいたら、即座に諦め、また別の蔭を求めて、熱気のなかに彷徨いでるしかない。わたしたちが先客のときは追いだされてばかりだというのに。

それほど弱き者ばかりの集団である、わたしたちは。

もともとはこの三倍もいたのに、他の集団に遭遇するたび面白半分に嬲《なぶ》られて、日向に逃げだせば逃げだしたで後方が次次に脱落し、今はこうも数を減らしてしまった。

顔を叩き続けてきた砂雑じりの熱風が、不意に止んだ。達した。

翳《かげ》った世界が眼前にある。思っていたより小さな蔭だ。

わたしたちには願ってもない。

残りの力を振り絞って足を速める。闇に転がりこむ。

日蔭の砂にもじゅうぶん熱が籠っているが、日向のそれに比べたら氷も同然だ。倒れこんで、目を閉じたまま仰向けになった。

久しぶりに深く呼吸して、体内の沸騰をすこしでも抑える。

これで、またすこし存《なが》えた。

「やっぱり会ったな。そのうちこっちでも会うと思ってたよ」

一本調子な掠れ声に、身を強ばらせる。

起きあがり、岩場側へ目を凝らしたが、ただ深い紫が拡がっているばかりだ。視力がまだ回復していない。

そのうち思わぬ方向で、長い悲鳴があがった。

振り向けば、日向との境界に男が倒れている。わたしのすぐあとを歩んできた、集団のうちのひとりである。

頭を割られている。溢れだす血が、強い太陽光をてらてらと跳ね返している。

眺めてきた多数の死のなかでも、それは指折りの衝撃的な死だった。男は集団のなかでわたしに次いで若く、わたしに次いで頑健な肉体を誇っていたのである。

屍体の傍らに、見知らぬ影が立っている。さっき語りかけてきた人物に違いない。

正体は確信していた。

わたしのほうにも、いつか出合ってしまうのだろうという予感があった。

彼は日向の側を見渡していた。

わたしもそちらに顔を向けて目を細めた。

後続たちの影が、遠巻きに揺らいでいた。

悲鳴が聞えたのだろう、岩蔭を目前にしながら近づくことができず、呆然と立ちつくしているようだ。

間もなくひとつ、またひとつ、彼らは灼熱のなかへと失せていった。

他の岩蔭を求めて、また彷徨《ほうこう》を始めるのだ。

すでに長いあいだ日向を歩いている。次の蔭に達するまでに、人数は半減するだろう。

「ほかはいらない。あんただけでいい」

そういいながら少年は近づいてきた。

だらりと下におろした手で、棍棒を引きずっている。

あれで殴り殺したのだ。

きっとあれも鉄だろう。重たいのだろう。

「弱りきった年寄りなんか、なんの役にも立たんからな。あんたは旅の途中でいろいろと役に立ちそうだ」

霞《かす》んだ目にも、彼の醜悪さは明瞭だった。現実世界での彼以上に痩せこけて、背中は曲がり、血を塗りたくったような色の皮膚は、病んだ植物よろしく凹凸に満ちている。

額からは二本の、ねじくれた大きな角。

鬼である。わたしと同様。

「あの人は若いよ」

わたしが屍体を指差していうと、

「あの人！　人！」

耳障《みみざわ》りな声をあげて少年は笑った。

「はは面白い、鬼が鬼を指すときは『人』という言葉を使うのか」

「人でも鬼でもいいけど、まだ若くて軀も丈夫だった。道連れを欲しがってるんでしょう。なのになんで殺すの」

「よく見ろ」

少年は屍体のもとへと戻ると、その片腕をつかんで蔭の側に引きずりこんだ。反対の手に握った棍棒で、屍体の肩を殴りはじめる。

わたしはびっくりしてしまい、言葉もなく、ただ目を細めてそのさまを見ていた。執拗なまでに屍体の肩を殴打しながら、少年はその胸に足を乗せ、腕を抱えこんで力を込めている。

そうして生木の枝でも断つように、やがて屍体から腕を切り離してしまった。

潰れた根元から血を滴らせている腕を、投げよこさんばかりに振り廻しながら、こちらに近づいてきた。飛散した血で、顔をべとべとに汚している。

「よく見てみろ。これが丈夫な軀なもんか」

そうして少年の手に握られている屍体の腕は、いかにも貧相で頼りなかった。この少年と比べてすら、べつの弱々しい生きものの一部に見える。

「しばらくでも生き残れるのは、あんたひとりだ。こっちに歩いてくるのを見れば一目瞭然だった。あとは話し相手にもなんない。こっちが喋ってるうちに死んじゃうよ」

少年は腕の根元に口を付けた。咽が動いている。血を啜っているのだ。

やがて顔をあげたが、歯ではしっかりと肉に食らいついていた。弾力に満ちた新鮮な肉を、彼は力強く嚙みちぎっては食《は》んだ。

なぜ自分はこうも餓えているのか、その理由にようやくわたしは思いいたった。

あの集団でも、死人が出るたびみな獣のように群がって、血や内臓を奪いあっていたではないか。それが、わたしにはどうしても出来なかったのだ。

「自分が鬼だと気づいてよかったな。おれのお蔭だからありがたく思え」

屍肉を咀嚼しながら少年がいう。

わたしは顔をしかめた。

「よかったの?」

「どうせ魂はこっちにあるんだ。自分が誰なのかすら知らずに、ただ彷徨って死ぬよりましだろう」

「でもここは地獄でしょう」

「そんなようなもんだね」

「なのにまだ死ぬの」

「死なないんだったらこれはなんだ」

死んだ腕を突きだして笑う。

「ここで死んだらどこに行くの」

「次はないよ。そう聞くと、途端に生き延びたいだろう」

「もう元の世界には戻れないの」

「向こうは向こうで、軀が死ぬまで続くんだろう。でもおれたちの魂はこっちだ。ラカセツカ、早いうち決めときな」

ラカセツカ、というのがわからなかった。こちらでのわたしの呼び名かもしれなかった。

「ところであんたさ、携帯持ってる?」

かぶりを振って、

「ない。時々欲しくなるけど」

「じゃあ家の電話でいいから教えといて」

わたしは番号をいった。

「憶えた」

と彼はいい、犬にでもくれてやるように腕をわたしの前に放った。自分は胴体のほうに戻っていった。

御馳走は脳や内臓だ。彼の本当の食事はこれからなのだ。

約二週間ぶりの短い睡眠……二週間ぶりの羅刹国から、わたしを現実界へと引き戻したのは、激しく肩を揺さぶる父の手だった。

わたしは眠りながら、冷蔵庫のドアを開いてその前に坐りこみ、なかに入っているものを片端から貪《むさぼ》り食っていたのである。

物音に目を覚ました母が台所にやって来てあかりを点けたとき、わたしは生卵のパックを抱えて、殻ごと口のなかに押しこんでは、嚙みくだき、嚥下している最中だったという。あたりには、生肉が入っていたポリエチレン皿や、空になったマヨネーズやケチャップの容器や、冷凍コロッケの袋や、人参や胡瓜の齧《かじ》り残しや、分解されたキャベツや、牛乳の紙パックなどが散乱していた。

母は父を起こしに部屋へ駆け戻った。

眠りのなかでふたりの跫音を聞きつけた兄も、目を覚まして部屋から出てきた。

そうして周囲が騒がしくなってからも、わたしはまだ夢遊状態にいて、ラードのチューブを吸ったり、罎《びん》入りの麺汁《めんつゆ》を呷《あお》ったりしていた。

父がわたしの手からそれらを取りあげ、肩を揺さぶった。揺さぶり続けた。

頼む、頼む、という父の声から、わたし自身の記憶は始まる。

「頼むから理恵、起きてくれ」

ラジオのチューニングが合うような感覚があった。それまでも聞えていた父の声が、不意に立体感をもって迫ってきた。

視覚も同様で、視界一面にぼんやりと飛び散っていたはずの花模様は、じつは着ているパジャマの柄であり、手にしていた食品を奪われたわたしは、それきりうなだれて自分の膝を凝視していたのである。

ようやく異変を察知した。わたしは頭をわずかに左右に振って、周囲の状況を確認した。間もなく自分がなにをやらかしたのかを悟った。口のなかはラードでぬるぬるしていた。

父の背後から、母がいった。

「理恵、病院に行こう」

わたしはうつむいたまま、細かく頭を振った。

「きょう行ってこよう、お母さんが一緒に行ってあげるから」

見捨てられる。

殺人が暴かれる。鬼として隔離される。

わたしは恐怖し、頭を抱えてうずくまった。額の角を、両手で堅く握りしめた。


母が電話で、午後一番の予約を取った。兄は大学を休んだ。

母か、兄か、あるいは両方かが必ず居間にいて、わたしを監視している。お昼になったら力尽くで、わたしは病院へ連行されるのだ。

わたしはひたすらテレビを見ている。ポイント事故の影響でダイヤは乱れ、大統領は遺憾の意を表明し、絶好調のダイエーはきのうも投打ともに好調で、不倫疑惑に新事実が浮上、主婦代表はケーキ八個めに挑戦、今夜は二時間のワイド版、これはちょっと見逃せません、車、高く買い取りまーす、さて次の問題、この皮剝《む》き器のお値段をずばり当ててください、ふむふむ、どんなお店かちょっと入ってみましょう、お邪魔します、でもさあ、それはちょっと奥さんのほうにも問題があるんじゃないの、商品番号をお間違えなく、油の温度は先生、そうですね、百七十度から百八十度くらいでいいでしょう。

リモコンでチャンネルを替えるとき、わざといったん空きチャンネルに合わせてみる。すると砂嵐のなかに、依然として叔父はいる。何回覗いてもそこにいる。百回覗いてもそこにいる。

お昼前に電話が鳴った。

「お父さん」

つぶやいて、母が廊下に出ていく。

強制連行の算段だろうと思って、またテレビのチャンネルを替え続けていると、そのうち襖が開く音がして、

「理恵、お友達」

本来だったら学校で授業を受けているはずのこんな時間に、いったいどこの何者だろうと単純にふしぎだった。母も訝《いぶか》しげな顔をしている。

電話のところまでつけてくるかと思ったが、それはなかった。

「はい、もしもし」

「おれ。芥川《あくたがわ》」

つくったような嗄《しやが》れ声。彼だった。そうか、芥川というのか。

「あ、はい……わたしです」

「話そうと思って教室に行ったらいなかった」

「はい。休んだの」

「羅刹の国のこと、もっと聞きたいだろう？　おれの話、聞きたいだろう？」

「……聞きたい」

「家どこ」

「国分寺《こくぶんじ》」

「駅まで出てこいよ。病気でも出られるだろ」

しばらく、わたしは迷った。ふたつの世界を天秤に掛けていた。

ふたつの地獄を。

「すぐ？」

「すぐ行けるぜ。もう学校出てきてるから。国分寺の改札」

「わかった」

通話は切れた。

受話器を胸に抱きこんで、居間の方向に耳を澄ませた。テレビの音声に兄の低い笑いが重なった。気がそちらに逸れている。

わたしは音をたてないように受話器を本体に戻し、玄関へと跫音を忍ばせた。

裸足《はだし》のままで、靴は手につまんで外に出た。なかで履けば底がタイルと擦れる音が響くからだ。ドアを静かに閉じた。

靴の踵《かかと》を踏んだまま、通りを駆けだす。

すこし走ってから家のほうを振り返ったが、兄や母の姿はなかった。念のため脇道に駆けこみ、また脇道に入り、そこでようやく靴を履きなおした。

歩きだそうと顔をあげて、いつしか直前まで近づいていた人影に気づいた。ぎょっと、そのまま立ちすくんだ。

肥満したパグに引っぱられる老婆。ときおり見掛ける人物だ。老婆といってもいつも洒落たパンツ姿で、短い髪を赤茶色に染め、皺《しわ》隠しの大きな眼鏡を愛用している。

その明るい前髪を、額の二本の角が割っていた。ここにも鬼がいた。

犬も老婆もわたしなど存在しないかの素振りで通りすぎたが、直後、くく、と笑い声があがったのをわたしは聞いた。振り返った。

老婆はただ犬に引っぱられていく。向こうにもわたしの角が見えたのだ、きっと。

あの人は、だれを殺したんだろう。きっと昔のことだろう。

彼女だけではなかった。駅までの道程で、もうふたり、鬼を見掛けた。あんがい大勢いるのだ。これまで気がつかずにきたのは、わたし自身の感覚が未熟だったからだろう。

ひとりは、近くのコンビニにでも買いものに出掛けていくらしい主婦。わたしの母よりすこし若いくらいの、ごく地味な女性だった。

もうひとりはライダー。オートバイ乗り。ちょっと女性的な体型に見えたのだが、性別は断言できない。

大通りの歩道を歩いていたとき、大きな音をたててわたしの前を横切り、ガソリンスタンドに入っていった。驚いたことに角は、その被っているヘルメットを通過して、外に突きだしていた。

ちゃんとそのための穴が空いているのか、それともヘルメットの装飾に過ぎないのか、確かめたくて立ちどまって見ていたのだが、けっきょくガソリンを入れているあいだじゅうヘルメットを脱ぐことはなく、そのまままた走り去ってしまった。

芥川は改札の向こう側にいた。やはり額には角があり、眼は病的なまでにぎょろついていたが、羅刹国で見たほどの醜悪さは感じなかった。慣れたのかもしれない。

わたしを見て、フェンスに近づいてきた。わたしもフェンスに寄った。

「どっか行くだろ？　だから出なかった」

「どこに」

「あんたの行きたいとこでいいけど」

考えた。頭のなかには新宿や渋谷の映像が泛《うか》んでいるのに、

「匪ノ岬」

と唇が動いた。

「千葉だ」

よほど素頓狂な返事に聞えたのか、芥川は眼をますますぎょろつかせて、面白がっている。

わたしはうなずきながら、いちばん行きたくない場所をいってしまったかもしれないと思った。

「じゃあそうしよう。匪ノ岬だ」

「あ、でも、お金がない」

芥川はお尻のポケットから財布を取りだし、なかから千円札を一枚抜いて、わたしの鼻先に突きつけた。


「ね、だれ殺した?」

電車待ちのベンチで、わたしは芥川に訊ねた。

「母親だよ。七歳のとき」

彼は躊躇《ちゆうちよ》なく答えた。

「どうやって」

「未必の故意。海でさ、目の前で溺れてるのを助けなかった」

「七歳じゃ助けられないよ」

「おれが近づいてけばそれでよかった。浮輪はめてたからな。本当は未必の故意でもなくてさ、おれは計画的に母親を沖に連れだしたんだ。泳げないのを知ってて、浮輪につかまって一緒に泳いでくれってせがんだ。海に入ると、今度はこっち、次はあっちとかって、言葉巧みに沖へ誘導した。泳げない人間がばた脚で懸命に進んでたら、周囲のことなんかには気が廻らない。疲れはてたところで砂浜を振り返って、思いがけず遠く離れてしまったことに気づいて、母親は不安がって戻ろうといった。おれは彼女を蹴りとばした。そして、すこし離れたところで波に揺られながら、その溺れるようすを観察した。最後まで」

「なんで蹴ったの。嫌いだったの？」

「溺れるところが見たかっただけ。そんなことしてたら溺れる、ああしたら溺れるって口煩《うるさ》く注意は受けるけど、その肝心の溺れる感じというのが実感できなくてさ。自分でちょっと試してみようと思っても、監視が厳しくてそういう隙がなかった。過保護だったな。ひどい過保護だった。あんたはだれを殺した」

「叔父さんの、自殺を手伝ったの」

「何自殺」

「ていうか、そのときは自殺幇助《ほうじょ》のつもりだったけど、違ったかもしれない。崖の突端にいつまでもじっと立ってるから、ただ飛び降りるきっかけがつかめずにいるんだと思った」

「突き落とした？」

「うん。苦しみから……病気だったの、その苦しみから解放されようとしてるのを、手伝うようなつもりだった。でも本当は違ったかもしれない。本当は、この世に踏みとどまることを決意するために行った岬だったかもしれない。わたしはそのこと」

とまで唇にのぼって、自分自身驚き、それ以上は口に出せなかった。

わたしはそのこと……に。

薄々勘づいていながら、叔父の背中に、身をぶつけたのかもしれない。

「岬って匪ノ岬？」

はっと彼のほうを向いて、

「うん、そう。若い頃、学生時代、あのあたりに下宿してたって」

「そこに、いまからなにしに行くわけ。懺悔《ざんげ》？　慰霊《いれい》？」

わたしは小首を傾げた。

なんだろう。自分でもわからない。

芥川はわたしを見ている。やがて洩らした。

「あんた、人殺しとしちゃ下の下だ。嫌いだね」

理恵、手が冷たくないか。手をつなごうか。

…………

なあ理恵、きみだけはずっと叔父さんのそばにいてくれるか。

…………

どうか今夜は隣で眠っておくれ、智子《ともこ》。

…………

*

しばらくぶりの獲物だったというのに、芥川がへまをやり四散させてしまった。手に入ったのはわたしが最初に為留《いと》めた、若い女だけだ。

芥川が恨めしげに見ているが、むろん内臓を分けてやる気はない。わたしが満腹したあと、残骸をしゃぶればいい。

芥川が口惜《くちお》しげに、

「もし胎児がいたら、おれに」

「それもわたしだよ。なに考えてるの」

わたしは嘲《あざけ》った。

杖を突きおろして、先端で屍体の鳩尾《みぞおち》に孔《あな》を穿《うが》つ。杖をひっくり返し、鉤の部分をその孔に掛けて、腹を裂いていく。

噴出した血を足に浴びながら、

「この便利な杖は、だれが作ったんだろうね」

とわたしが独り言《ご》つと、

「失われた文明の遺物だよ。そういうことになってる。その衣も、これも、これも」

芥川は自分の衣の胸倉をつかみ、棍棒をこちらに突きだした。いままではわたしが口にする疑問など鼻で笑うばかりだったが、いまはすこしでも内臓を分けてもらいたいのか、やけに親切だ。

「ここに文明があったの」

「そういう設定だ」

「設定?」

返事はなかった。血のにおいに鼻をひくつかせている。

「腹が減って苦しい」

「皮ぐらいは残るよ」

屍体の腹に両手を入れてまさぐったが、胎児と思《おぼ》しき感触はない。下腹の目立つ女だったので期待していたのだが、たんなる病的な状態だったようだ。

「早く口になにか入れないと死にそうだ」

「じゃあ死ね」

と嘲って、ふと、顔をあげた。

「ここで死んだら、わたしたちどこへ行くの」

「虚無に囚われる」

「なにもないところ?」

「そういわれてる」

「だれがいうの」

芥川は答えなかった。

叔父がいるような場所だろうか。わたしが彼を解放するつもりで閉じ込めてしまった、あんな場所だろうか。

「ああ、我慢できない。ラカセツカ決めたか」

芥川が寄ってきた。わたしはその顔を見あげて、

「問題は、わたしがその意味を知らないということなの」

「ラが勝れば、向こうの世界に恐怖が蔓延《はびこ》る。その点においては連動している」

その部分にアクセントが付いていたので、羅だと気づいた。

羅か刹か、だったのだ。

「刹が勝ったら?」

「悪意が蔓延る」

「羅と刹とに分かれるのね。でもなんのために」

「争うために」

「なぜ争うの」

「ただ弱肉強食じゃあ獣と同じだろ。おれたちは獣じゃない」

「鬼だ」

「そう、鬼だ。羅か刹か決めろ」

「いま?」

「いま決めろ」

わたしは屍体から手を抜いた。赤く染まった自分の掌を見おろした。

「羅」

芥川は棍棒を後ろに引いた。笑みを泛べて、

「じゃあ敵だ」

棍棒がわたしの顔目掛け、横ざまに飛びかかってきた。

衝撃の瞬間、即死か、よほどの重傷を覚悟した。

赤ん坊のような叫び。それが自分の叫びであることに気づきかけたとき、

「落ちつきなさい」

と、わたしはふたたび医師に頬を張られた。

「話はわかった。落ちつきなさい」

若々しく、深い声をした医師だ。白衣には皺もない。

どうにも動きが不自由なので振り返ると、大柄な看護婦に肩を抑えつけられていた。その向こうには母と兄が並んで立っていた。

「ここは診察室だ。軀のほうは問題がないようだったから、万全を期して、心の不安も解消されるように、きょうはこちらに来てもらった。わたしにちゃんと挨拶したね。憶えているだろう」

憶えている。呼吸が整ってきた。

「芥川は」

「その少年だね。病院の者もご家族も彼には会ってない。あなたがどうやっても目を覚まさないのを不安がって、東京駅からきみの家に電話を掛けてきた。でもプラットフォームのベンチにはあなただけだったと聞いている。家に帰ったんだろう」

彼は机上のメモパッドを引き寄せ、

「落ちついたかい。もうすこし問診を続けてもいいかな」

二三度、大きく呼吸して、うなずいた。看護婦の手が肩から離れた。

「名前は、芥川なにくん?」

「知りません」

「学校は同じ、ええと」

「白陵《はくりょう》です」

「白陵高校と。学年は?」

「上だと思います。二年か三年」

「二年か三年。関口《せきぐち》くん。関口くん」

間もなく医師の背後のカーテンが開いて、別の小柄な看護婦が姿を現した。医師は彼女にメモを渡すと、小声でなにか指示した。片手だけカルテの上に残して、またわたしのほうを向いた。

「角の存在は、いまも感じる?」

触れるまでもなくいつも感じているのだが、念のため手で握ってから、

「はい」

「はっきりと?」

「はい」

ペン先がカルテの上を走る。

「最後に話してくれた夢は、ゆうべ病院で？」

「はい」

「続きはある？」

「そこまでです。そこで目が覚めました」

「ずっと連続してるんだ」

「……はい、飛び飛びですけど。というか、向こうではずっと頭のなかがぼおっとしてて、よく憶えてない部分も多いんです」

「向こうの、その羅刹国が、ちゃんと存在するものだというふうには信じてる？」

わたしはうなずいて、

「だって向こうでも芥川に会ってるし、こっちで彼と向こうの話をしたりも」

「お互いの話は一致していた？　細かい部分まで」

「はい」

「本当に？」

そう強く確認されると、やや確信が揺らいだ。

「とにかく向こうは最初からわたしを……わたしの魂が羅刹の国にあることを、知っていました」

「そういってきたわけだよね、電車のなかで。しかしそれ以前にあなたが、夢に羅刹の国をみたことは？」

わたしはすこし考え、それからかぶりを振った。

医師は万年筆を置き、膝の上で手を組みあわせた。

「芥川くんの一連の行動だけれど、もちろんこちらの世界でのだよ、いままであなたの口から出た内容を吟味するかぎり、それほど特別なものとは感じられないね。気になる異性の注目を引こうとして、躍起になっている少年という以上の印象はないよ。捻くれてはいるがね。その彼の言葉の一端が偶然、あなたがずっと思いつめてきたことに命中した」

たしかなにか、わたしは羅刹国に証拠を残しているはずだった。そういう意識でもって、なにかを行ったはずなのだ。こういった局面を薄々と想定していたのだろう。

しかし、そのなにかが思いだせない。

カーテンが開いた。さっきの看護婦が現れて、医師にカルテを手渡した。

医師はそれを開いて、

「……芥川ヨウジくん。いまご自宅と学校の双方に確認をとったよ。当時は緑《みどり》ヶ丘《おか》中学だね。やっぱり彼か」

カルテを閉じる。わたしのカルテの下に敷く。

「彼ならよく憶えている。想像力豊かな子だったが、べつに頭に角なんか生えてなかった。あなたにもね」

「見えるし、さわれもします」

「そのうち感じられなくなるよ。もはや余談でしかないが、ちなみに――」

「電話番号」

不意にそう思いだされ、意気込んで彼の言葉を遮った。

「家の電話番号を教えたのは向こうでの話です。なのに彼は掛けてきた」

医師は微笑した。

「教えたことを忘れてるんだよ」

「こっちの現実では、電車のなかで話しかけられて、わたしは一言も返してないんです。なのに掛けてきました」

「なるほど。彼と、学校で会ったことは？」

「ありません」

「一度も？」

「はい」

「失礼だけど、ほかに交際している男子生徒はいますか」

「ほかにって、いえ、ひとりもいません」

「じつはきのうのうち、お母さんから、あらかじめ一通り、お話をうかがっておいたんだ。同じ学校の上級生と交際があるようだとも聞いたんだが、その相手は芥川くんではない？」

母のほうを振り返った。

「笠井《かさい》くんに電話してみたのよ。おまえの様子が急に変わったから」

小学校で同級だった少年だ。いま同じ学級にいる。

「よく休憩時間に上級生の男の子が教室に来て、ふたりで話しこんでるって」

記憶になかった。どう過ごしていたはずだという正しい記憶を探ったが、それも頭のなかに見つからない。

睡眠を取らなくなって以降、記憶の欠落は多かった。代わりに思いだしたのは、話そうと思って教室に行ったらいなかった、という芥川の電話での言葉である。

「その上級生は芥川くんじゃないのかな。家にも何度か電話があったというし」

何度か？　それも知らない。呼びだされたときが、あの電話が初めてだと思っていた。

「電話番号、教えていないかい」

「教え……たかもしれません」

医師はうなずき、ふたたび万年筆を手にして、

「すこし薬を出しておきましょう。夜、ぐっすりと眠れるように。さっきいいかけたことだけど、羅刹ね、ぼくの知識によればあれは梵語への宛字であって、べつに羅と刹がいるわけじゃないと思うよ」

それきり沈黙が続いたので、

「終わりですか」

「終わりです」

「わたしの罪は？　叔父の背中を押した」

「アクシデント」


兄が車のエンジンを掛ける。

わたしは窓越しに病院の建物を見あげて、さっきいた部屋はどこだろうかなどと、うすぼんやり考えていた。

「あれ、故障かな」

と兄が声をあげたので、運転席を覗きこんだら、カー・ナビゲーションのモニターにしきりにノイズが走っている。

ノイズはみるみる増して、画面全部が灰色の蠢きに変わり、そのなかに叔父の顔が現れた。

「もうだめだ」

兄がスイッチを切る。叔父も消えた。わたしはシートに背中を戻し、髪の毛を直すふりをして角に触れた。角はまたすこし、堅さと鋭さを増している。

いくら周囲がアクシデントと呼ぼうと、いやむしろそう呼ばれるからこそ、罪は確乎《かっこ》としてわたしを支配し続ける。わたしは鬼。その気分にもすっかり慣れてきた。

こんなふうに残りの時間を過ごすのだったら、ずっと叔父に寄り添って生きてあげてもよかったのにとも、思うには思うが、悔恨は虚しい。でも忘却も虚しい。羅も、刹も虚しい。でもあえて選ぶなら、やっぱり羅だわ。

車が動きだした。

「ちょっと眠るね」

わたしは母にいい遺すと、窓に顔を向けて目を閉じた。

車は間もなく日向に出た。

週二回、通院している。薬のおかげで最近は眠れる。餓《う》えて羅刹《らせつ》の国を彷徨《さまよ》うのではない、本物の睡眠だ。温かな闇だ。

…………

夢はあまり、みない。

目覚めたとき、その断片が脳裡に刺さっている朝もあるにはあるが、床《とこ》を抜けだすまでには消散している。みょうに現実的な夢だったな、といった、残像ばかり。どのような場所に自分がいたのか、他にだれが登場し、わたしに対してなにを語ったのかといった、具体的なことはひとつも思いだせない。

いずれにしても羅刹の国の出来事ではない。

あの世界での生々しき体験が、沈没船よろしく昏《くら》い無意識の底で息をひそめていてくれるものなら、そもそもわたしが病院に通わされることなどなかった。覚醒とともに泡のようにはじける程度のイメージならば、眠ることそのものに恐怖したりはしなかっただろうよ、このわたしが。

鏡のなかの顔つきは、いくぶん柔和さを取り戻した。

しかし額の二本のつのは、今も明瞭である。触れられもする。

重力を逆撼《さかうら》みしてやまぬ有肺類のような、どこか痛ましい隆起。それなりに猛々《たけだけ》しくもあるが、手ですっぽりと握りこめる程度の大きさだ。

握ると、つののほうにも、手の温度や湿り気を感じる。

硬化しているけれど、これは歯のような肉体への附属物ではない。

肌であり、肉であり、髄なのだ。血が通っている。脳漿《のうしょう》さえ循環しているかもしれない。

削り取りたいが、鋸《のこぎり》で断ちたいが、いつの間にか刃物を握りしめて、その細い、空気の折り目のような輝きを見つめていることすらあるが、死に直結するぞ、と本能が懸命にかぶりを振る。

死とは――

わたしの叔父は、テレビの空きチャンネルのなかにいる。

見える。

これまた、錯覚、と一言で片づけられてしまうこと必至だから、医師には一度も話していない。

小学六年だったわたしが匪ノ岬《ひみさき》の突端から突き落としたわたしの叔父は、四角く厚い硝子《ガラス》の向こうの、ちりちりした灰色の蠢《うごめ》きのなかで、いつもなにかを叫んでいる。

声がこちらに届くことはない。

徒労にみずから気づいて、彼が叫びやむこともない。永久にない。

彼に、時は過ぎ去らず、空《くう》は見通せない。

あの虚無が死だ。

叔父はこの世の人ではない。

羅刹国の夢幻の住人でもない。

どちらでもない、ただの死者だ。

叔父の顔を見つけるたび、ああ、あそこにだけは行きたくないと思う。

しばらくすると、いましも彼のかたわらで、時間を止めてしまいたいと思いはじめる。

治りきらぬ傷口のような、追憶のなかに棲みたいと。

岬に向かう小路。霙《みぞれ》まじりの潮風。

神経を病んだ叔父は十二のわたしを、震災で失った妻の名で呼んだ。

智子《ともこ》。

ねえ智子。

叔父の許に行きたいのか、行きたくないのか、どちらが自分の本心なのか、わたしはわからずにいる。まだわからずにいる。……

もうわからなくなった。

続羅刹国報

一　新任教諭ノ微《カス》カナツノニ気付キシコト

小柄で、無駄のないすっきりとした横顔の持ち主だが、歩きかたが気に食わない。

若いころ踊りでもやっていたのか、餌場に接近していく小鳥のように、かろがろと床を蹴り棄《す》てて進むのだ、音もなく。跫音《あしおと》のたちにくい自分の歩き方をよほどの美徳と信じて、彼女が己惚《うぬぼ》れているのは、日ごろ背広襟のジャケットに細い膝丈のスカート姿であるにもかかわらず、履いているのがコバルト色に染められた裏革のスニーカーであることから、明白、とわたしは感じる。

己惚れてもいようし、またその舞台裏にうずくまっている、醜形恐怖に似た、跫音恐怖とでも呼ぶべき強迫観念も、ひしと察せられるのだ、わたしには。

夕風のような彼女の歩みは、美か醜かを判ずるならばくっきりと、それは美だ。

つまり彼女は人より一枚余計に、軽金属の鎧をまとっているわけである。

あの歩き方のおかげで、これまでにさまざまな諍《いさか》いやら、競争に勝利してきたことだろう。

見目が鈍重な人に、味方は少ない。

理不尽に少ない。

飛翔が、人間に共通の夢だから、とそこに理由を付けるのは、牽強附会《けんきょうふかい》に過ぎるかしら。しかし、燕《つばめ》や猛禽《もうきん》の曲芸飛行、蜻蛉《とんぼ》の空中静止、あるいは弾丸のような甲虫《こうちゅう》の突進に、憧憬《しょうけい》した経験を持たぬ人はいまい。

人は翔《と》びたがる。だからせめて浮遊しやすくと……そんなふうに、錯覚でも構わないから他人や自分の眼に与えんと、わたしたちはひたすら痩せたがる。

痩せて痩せて痩せて……わたしはことし十六だが、これまでに試みたダイエットは数知れない……痩せて、痩せきって、きっとしまいには自分という質量をいっさい消し去ってしまうのが理想なのだ。だれも口には出さないが。

ひとつの究極美だ。

消失美とでも呼ぼうか。

彼女が体現しているのは、五感のうちの一感に向けて特化した消失美である。ちょっとしたコロンブスの卵かもしれない。

皮膚の肌理《きめ》、ちょっとした口癖が、三十代後半、と彼女の年齢を示している。

新任の特権ではあろうけれど、通常、女教師が生徒から性別を失念される年配にあって、おおいに男子生徒の視野を賑わしている。とくべつ子供じみたものいいをするでもないのに、若い女どころか、幼い存在とすら目され、よくそう扱われている。扱いたくなるようだ。

軽やかな無音歩行は、重力への抵抗。無駄な反発。

道理に目をつむった日常を送っている彼女は、減量のための減量に血道をあげるわたしたち以上に、じじつ幼いのだと思う。

男子らは本能的に察知している。

彼らの、自分が擁護しうる存在への嗅覚は鋭い。

彼女の歩き方をさっき、わたしは鎧に喩《たと》えた。軽金属と限定したが、鎧といった。

飛翔のメタファに対して似つかわしからぬ言葉だが、美というのはやはり鎧である。

防具をまとっている代償として、彼女の精神はつねに汗ばんでいるに違いない。うっかり人前で大きな跫音をたてたが最後、一瞬前の自分ではなくなってしまうのだから。

消失美からやけに程遠い存在になりさがる。

逆説的に、彼女は消失する。

彼女の歩き方に気づいたとき、彼女を規制しているものは、恐怖だとわたしは直感した。恐怖に依存して生きている、とこれはいい換えられる。

たぶん、だから不快だった。わたしに似ているから。

恐怖か、それとも悪意か。

羅か刹か。

夢幻世界を支配するにふさわしい、突飛な二元論と、まえは感じていた。

それがいまでは、こちらの世界で、日一日、現実味を増している。

人が最後に頼みにするのは、けっきょく、そのどちらかではないのか。

恐怖か、悪意か。


墨井香苗《すみいかなえ》という、きれいに左右対称の名前をしている。

わたしが学校を休みがちだったあいだ、それまでの国語教師も胃袋を毀《こわ》して休みがちだったらしい。ついには職員室で吐血をし、そのまま入院した。その空席に彼女が滑り入ってきたかたちだ。

薬物の手を借りて、教師の顔ひとつひとつを認識できる程度の平静をわたしが取り戻したとき、彼女の存在はすでに、わたしを除いた教室の隅々に浸透していた。呆気にとられている間もなく、

「レスビアンだよ」

と隣席の福本彩夏《ふくもとあやか》が、嫌悪感をあらわに耳打ちしてきた。墨井から眼が離せなくなった。

「桐島女子にいたんだ。玲夏《れいか》と同じ組の子と、付き合ってた」

彩夏は双子だ。(彼女いわく)正反対の性格のもうひとりはミッションスクールに通っている。せんの休憩に呑んだ安定剤で霞《かす》んだ脳裡に、わたしは、高い塀に囲われた花園を思いうかべながら、

「でも女子校、多いでしょ」

「らしいけど、知らない。でもあいつのは有名。相手の子、自殺したから」

寮の自室で首を吊った。

遺書はなかった。

葬送の席、墨井は泣いていなかった。

すべて玲夏づてで、玲夏にしても友人づての情報だから、細部は曖昧である。が、墨井が篠崎《しのざき》鸛子《こうこ》という少女と懇意であったこと、ふたりの交流が鸛子の首吊り自殺によって幕を閉じたこと、そういった骨子は、まあ事実に相違なかろう。

「首を吊るのは、勇気がいりそうだね。なにから逃げようとしたんだろうね」

「知らない。あいつに訊く以外ないかも」

彩夏は教壇の墨井に、顎をしゃくった。

間もなく終鈴が鳴った。音の消えぎわ、

「ねえ、ちょっと左右田《そうだ》さん」

と墨井がこちらを向いて呼んだ。

＊

担当教師が映像好きなので、社会科の授業は視聴覚教室で行われることが多い。

その日の最後の授業もそうだった。

資料映像が流れはじめるや、教師の発する一語として、わたしの耳には入らなくなった。かといってまんじりともせずに、教室に遍在する、大小のモニターを見つめ続けたのである。

自分の机の上の画面、両隣の画面、前の列に並んだ画面、天井から吊られた大型モニターの画面……そしてまた目の前の画面。

驚いたり怯えたりするものが他にだれひとりいない違和感、それそのものにはだいぶ慣れてきた。が、いつ終わるともなくその状態が継続する、不安感、不快感といったらない。目をつむることもできない。認識が孤立するのが恐ろしい。

モニターには、あらゆるモニターにモニターにモニターには、人の顔があった。

懸命になにかを叫びつつ、静止し、静止しながら、刻々と変化し続ける、細長い顔。

叔父ではなかった。

RGB分解され、うまく再合成されず、ぶれ、ゆがみ、重なりあいながら、ブラウン管を漂うメドゥサの彫像。恐怖する少女。

篠崎鸛子だ。

奇妙。なぜそう、わたしは確信するのだろう。

会ったこともない人物だ。

これぞ、見えているものが錯覚であることの証明ではないのか。彩夏の話を聞いているあいだに意識の深層が描いた、わたしの頭のなかの映像なのだ。

そのうち消える。消える消える消える消える消えろ。

念じ続けた。

胸苦しかった。手足が痺れて、冷たい。

…………

教師が映像装置の電源を落とすまで、少女の顔はモニター上を漂い続けていた。長い経験に思えたが、黒板脇の時計を見てみれば、長針は五分ぶんと移動していない。

席を立った。

椅子の音を聞きつけこちらに顔を向けた教師に、軽く頭をさげる。

教室を出る。

廊下を進む、よたよたと、前のめりに。

ステンレス板に被《おお》われた流し場。艶やかな蛇口が、整然と並んでいる。

ポケットからポリプロピレン樹脂の錠剤入れを出す。銀色の蛇口に手を伸ばす。

水流。

輝かしい迸《ほとばし》りを両手で受け、痛いほど渇ききった咽《のど》に、水と、口に含んでいた二錠の精神安定剤を流し込む。……

墨井は丁寧にドアを閉じた。

「ここ空けてもらったの」

と彼女はいうが、ふだん人の出入りがある場所とも思えない。国語研究室つまり国語教師たちの居室の脇に、細長く設《しつら》えられた書庫だ。

書庫といえば聞えがいいが、いまや手に取る者もないのに捨てるに捨てられない古い全集やら資料を、天井まである書架にぎっしりと詰め込み、忘却へ葬《ほうむ》るための空間らしい。本当は物置と称すべきだろう。棚板の上は紙埃で白み、本の背はみな日焼けして、枯草色を呈している。

入ってくるとき、わたしはここを個室と思い込んでいた。ドアが、あったから。

じっさいは、窓の開閉の都合等を無視して作りつけられた巨大な書架そのものが、研究室との間仕切りになっているかたちである。墨井の声の響き方で気がついた。書架の上に隙間がある。天井は研究室と連続している。

内側から見るとよくわかる。わたしたちがくぐったドアは、書架の端と壁との隙間を塞いだ合板の壁を、くり抜くように設置されている。その上部もまた、天井附近は隙間になっている。きっと、試験期間に問題用紙でも保管するため付けたドアだろう。

書架を置いたら部屋が出来、ドアが欲しくて壁を足す、そういう手順で出来た、擬似的な個室だった。古い、もう何十年にもなる、鉄筋コンクリートの校舎だ。人の増減や科目の変遷に合わせて内部の改装を繰り返しているので、こういう本末転倒したつくりが各所に見られる。

反対の、本来の壁際には、市販のスチール棚が並べてある。硝子戸付きの大型のものだ。結果、床には、椅子ひとつ置ける程度の幅しか残されていなかった。

折り畳み椅子をふたつ、墨井は部屋に用意していた。夕陽を背にして坐った。対坐した。

「休んでたよね」

くだけた口調で切りだす。

「はい、神経が参っちゃって」

と、お定まりの簡易版事情説明。

「最近調子は」

「まあまあです。週二回、通院しています」

「カウンセリング？」

「薬も貰って」

「いまも呑んでるの」

「はい。だから呂律《ろれつ》が、ちょっと廻りにくくて」

欠伸《あくび》ひとつすればそれまでを忘れてしまいそうな会話が、しばらく続いた。

陽が眩しいので、つい眉がしらに力が入る。

紫色に翳《かげ》った墨井の表情は、読めそうで、読めない。

「――まえの河東《かわひがし》先生のときにね、左右田さんが書かれた文章、いろいろ読ませてもらってる」

前触れなく、話題が変わった。

「だから、会うのがずっと楽しみでした」

「文章？　課題とかですか」

他に彼女が読めるものはない。こういう、個人的な記録を家から盗みださないかぎり。彼女は手順をひとつ飛ばして、

「巧いというのとは、ちょっと違うけど、特別？」

と自問。やがてうなずいた。

「特別、なんですか？」

「ううん、ただ特別ってこと。才能。でも危うさも感じて、だから早く会いたかった。興味を……最近持ってることは？」

「ありません。ああ、売春かな」

すこし驚かしてやろうという気もあったのだが、期待したほどの反応は見られなかった。もともと上下に大きな眼を、なお顔のなかで際立たせて、

「やってるの」

「いえ。出来るのかな、と思って」

「いいことないと思うよ、たぶん」

「そうなんでしょうね」

「本当は興味ないでしょう。わたしが感じるのはもっと、根元的な……たとえば死への、憧れ？」

わたしは微笑した。

「よくないですか」

「憧れるもんじゃないでしょう」

「そうですね」

手に視線を下げた。爪の先を見た。

「どうせいつか死ぬし」

「若い頃は、きれいなうちに散りたいとか思ってしまうもんだけど……とても凡庸だけど。意味なく奔放さを心掛けたり、狂気に憧れたり」

「その夢は、夢があったとしたら、もう叶いました」

「奔放さ？」

「いえ狂気。わたし、もう狂ってますから」

「それは通院して……治すためでしょ？」

「本当は神経とかってレベルじゃないです。ほかの人間にけっして見えない物とか、見えない世界とか、ありありと見える、いまもです。これは、狂気でしょう。見えるわたしのほうが絶対的少数なんだから」

「いまも見えてる？　教えて。なにが見えるの」

「いえ、いまは」

答えかけたとき、不意に夕陽が翳った。小部屋の空気が、均一に沈んだ。

墨井の顔かたちが、かえって明瞭になった。

視線が、わたしの視線は、揺れる。

脳裡に、モニターのなかの篠崎鸛子、R、G、B……レッド、グリーン、ブルーが、渦巻く、らせん……釘付けになって、収束した。

見える。

きっと、触れられもするのだ。

骨格だと思い込んでいた。そういう陰翳《いんえい》だと。わたしのと、あんまり大きさが違うから。

額の、ほとんど生え際の、微かな、ほんの微かな隆起、ふたつの。

人を殺《あや》めた、羅刹の印。同胞。

だから、しばらくして、

「ねえ先生」

と思いきって尋ねたのだ、わたしは。

「人を殺したこと、ありますか」

長い沈黙にじれてうつむき加減でいた墨井は、そんな質問にさえ、鳥が翼を拡げるように頰を弛《ゆる》め、唇を弓なりにした。

「ありませんよ」

二　教諭ト共ニ書庫内ニ幽閉サレシコト

「夢は?」

「どっちの?」

「dream」

「どっちもそれだよ。夜みるのも、未来に起きるのも」

「あ、そうか……でもどっちも訊きたいわ」

「夜のほうは、みません」

「あっちの世界の夢に限らず」

「先生と最初にちゃんと話してから、一度もなにもみてない……ふしぎなほど」

「そう。未来のほうは？」

「パン屋さん」

「なぜ」

「と、小学校のときの作文に」

「なぜ？」

「清潔だから。正確には『きれいだから』……『です』」

「ユニフォームとか」

「いえ。世の中でなにがいちばん清潔かを考えたんです。思いついたのが、オーヴンのなかで膨らんでいくパンだった。黴菌《ばいきん》のいなさそうなものはほかにも思いついたけど、萎《しぼ》んだり、そのままの大きさだったりするものって、だんだん不潔になっていく感じがするでしょう」

「わたしとか」

といって、墨井は、あはは、と笑った。

「先生は？」

尋ね返す。相槌《あいづち》のようなものだ。

二度めの、書庫への呼出し。墨井はつねにわたしとの公平を保《たも》たんと、設問したあとかならず、わたしは……とみずからについても回答するのだった。

「夢？　わたしの夢」

彼女は片方の腕を胴に巻きつけ、そのうえに頬杖をついた。

「殺人の嫌疑が晴れること」

「嫌疑というわけじゃないです、あれは。単純に、訊いてみたかっただけ」

「単純に、そういうこと人に尋ねるの、よく」

「訊かないでもないです。相手によって」

彼女は微笑を残したまま、

「わたしもかな。そういうところ、あるかもしれない」

あっちの世界、が、羅刹国、鬼の国であることは、話していない。話さずじまいになるような気がする。彼女の額に、その住人の目印らしきものが見えることも含め。

墨井がわたしという生徒に対して、ただならぬ思いを抱いているのはあきらかだった。その根底にあるのが彩夏がいうような同性愛志向なのか、それとも教師という役割に寄せた過大なロマンティシズムなのかには、判断をつけかねている。

才能、才能、と彼女はしきりに繰り返す。が、仮にわたしに文才というものがあったとして、人は、他人のそういう持ちものに対し忠義を尽くせるものだろうか。

彼女自身にもどんな蝶とも蛾《が》ともつかない、未分化な芋虫のような感情が、うようよと胸中を這いまわっているだけかもしれない。

きょとんとしたような彼女の顔つきにいつも感じるのは、無邪気な思慮のなさであり、明るい閉塞感だった。十代のどこかで生長を拒否したままその後を過ごし、当時の残像を求めてまた学校に舞い戻ってきた、といったような。むろんわたしの想像だが。

……朝から、じっとりと湿った天気だ。

墨井はブラウスの喉元を前後させ、熱気を逃がしながら、

「風が通らないから。ちょっとうるさいし、場所を変えましょうか。学校出る？」

前回と違い、隣の研究室は、人の出入りが盛んだった。

ドアの開閉音。跫音。椅子の軋《きし》み。抽斗《ひきだし》が滑る音。挨拶や笑い。吐息。ボールペンで机を叩く音……咳払い。

こちらの会話も筒抜けと思うものだから、しぜんと声がひそまる。無声音を増した墨井の言葉は、いちいち聞き取りにくかった。彼女のほうも聞き返しが多かった。

うかつに彼女に追随すれば、閉塞した世界に引き込まれてしまうのではないかとすこし恐怖したが、観察の幅を拡げる好機とも感じた。

額の微かなつのが意味するところに、わたしは興味があった。罪そのものの薄さなのか、罪の意識の薄さなのか、それとも人殺しではない、なにか別種の咎《とが》の刻印なのか。

わたしたちは学校を出た。墨井お気に入りの喫茶店か、自宅にでも招待されるものと踏んでいたら、駅前通りまで歩いたところで、思いついたようにカラオケボックスに入らないかといいだした。

「左右田さん、歌う人？」

「いいえ、ほとんど」

「わたしも滅多に」

しかし、墨井の選曲は見ものだと思った。そのまま駅の方向に歩いているうち、古い雑居ビルの表に、カラオケ店の立て看板が見つかった。

一時間、いちばん小さな部屋を、と墨井は受付で指定した。

告げられた番号のドアを開くと、ふたり掛けの椅子がテーブルを挟んで機材と向かいあっているだけの、本当に小さな部屋だった。空調はよく効いていた。

片側の壁が鏡張りだったので、わたしはそれに接して坐った。みずからの異形を視界に入れたくないからだ。おかげで墨井の顔ばかり見ていなければいけなかった。

注文した温かい飲みものを啜《すす》りながら、話を続けた。墨井はわたしの幼い日々のことを聞きたがった。しかし震災のあと叔父が身を寄せてくるまでは、とくべつなことなどなにもない、平々凡々たる家庭だったのだ。セラピストを気取られても、期待に応えられそうな風変わりな記憶は思いあたらない。

両親がいて、四つ離れた兄がいて、むかしは猫もいたがそれは死んだ。そのあと兄が仔犬を拾ってきた。庭に繋いで飼っていると、たちまち冴えない中型犬に成長した。朝から晩まで通行人に向かって吠え続けるようになった。近所から苦情が出始めたので、父が処分した。車に乗せて保健所の施設に連れていったのだ。

わたしは泣いたが、一方、どこかせいせいした気分でいるのも自覚していた。兄が漫画の主人公から取ってきて付けた犬の名は、趣味以前の問題として呼びにくくてならなかったし、通行人への吠え声は、騒音というより悲痛な音楽のようだった。

もっとも鮮烈な記憶はなにか、と墨井は訊いてきた。

考えて、その犬のことかもしれない、と答えた。

ほかにはないかというので、意識の水底を漁った。

「――いちばん、どれが鮮烈かといわれても困りますけど」

と前置きをして、

「じゃあ、父のギターの塗装をだめにしたこと。若い頃ジャズをやっていたので何本か持ってたんです。いまも二本だけ。ときどき兄が触っています。父はもう弾きません」

「ギターの塗装はどうしたらだめに？」

「なんでもですけど、古い塗装は基本的に弱いらしくて。水拭きをしたら、全体に白く曇《くも》って、斑《まだら》に染みができて、乾いても元に戻りませんでした。水拭き掃除を習ったばかりで、わたし、父を喜ばせようとしたんです」

「裏目に出た。そういうのは気持ちに残るわね。叱られた？」

「母からはひどく。そのうえわたしが謝らないので、事故ではなく悪戯《いたずら》ということに。でも父は怒りませんでした。落胆の色も見せなかった。子供心にふしぎでした。なぜふたりとも、感情と無関係の表情を見せようとするんだろう。もし母がわたしを庇《かば》おうとしてくれたなら、素直に父に謝罪することでかえってわたしは体面を保てた。父ががっくりと肩を落としていたら、やっぱりしぜんに謝れました」

「何歳頃の話？」

「幼稚園」

「幼稚園で、体面」

「ありますよ、家族に対しても、幼稚園のなかでも。まあ謝らなかったのは、たいしたことやらかしたわけじゃないのに、と不服だったからでもあります。ギター、そのギター、いまはきれいですけど、当時何万円もかけて塗り直させたらしいです」

われながら冴えない昔語りだったが、続いて手短に語られた墨井の幼児期もまた、平凡な若い家庭のスケッチに過ぎなかった。

新興住宅地の建売住宅。共稼ぎの両親と年子の弟。

強い記憶は、祖母の死。補助輪付きの自転車ごとトラックに跳ね飛ばされたが、どぶ川に落ちて無傷だったこと。隣家の火事を見つめたこと。……

語りながら墨井はくつろいで、しだいに二の腕や髪を寄せてきた。艶やかな花の香を感じた。ことばが途切れるのを待ってから、わたしは幼げに破顔し、

「訊いていいですか」

うなずいた。

「先生は、レスビアンだという噂を聞きました」

彼女は鎧を纏《まと》いなおした。なだらかに撓《しな》っていた鼻梁《びりょう》に、かたくなな線が生じた。

「……男性に、積極的な興味がないのは、事実ね」

「すみません」

「なぜ謝るの」

「いえ。はい、そうですね」

彼女は手首を返し、腕時計を見て、

「もうちょっと時間がある。歌わない？」

わたしがかぶりを振ると、じゃあ、と彼女は分厚いリスト帳をテーブルから膝に引き寄せた。わたしはリモコンを取った。

骨が震えるほどの音量で、やがて、部屋を満たしたのは《圭子《けいこ》の夢は夜ひらく》だった。不安定なアルト。歌詞はよく憶えているようだ。

滑稽なほど自虐的なその詞を、墨井がいったいどういう思いで唇に乗せているのかは、見当がつかない。ただ、これはむしろ痛快な行進曲なのだと、モニターに泛《うか》びあがっては消えていく文字を眺めて、感じていた。

愚暗だった過去。行き詰まり。

諦観の曇り空に、またぞろ閃く不安の予感。

狂気。

そういう自分を、認めてくれといっている。愛してくれという。

このままで悪いか、と世界に詰問《きつもん》している。

愉快だった。頭のなかがじんわりと温まるような感覚があり、いつになく軽やかな心持ちになった。しかし長くは保《も》たなかった。

間奏が鳴っている最中、一瞬、モニターの画像が乱れた。すると稲光りのような混沌のなかに、見えたのだ、なにかを叫んでいる人の顔が。

瞬時のことで、叔父なのか篠崎鸛子なのかは判然としなかった。どちらでもない、三人めの何者かのようでもあった。

気分が暗転した。

死。いずれわたしも訪れる廃虚。


「面白いやつ見つけたな」

と、墨井に続いて黄昏《たそが》れた通りに踏みだしたなり、背後から話しかけてきた。

特徴ある声ゆえ芥川《あくたがわ》だと即座にわかったが、ずっとここいらの物陰でわたしたちが出てくるのを待ち構えていたのかと思うと、怖気立ちそうだった。

「ああいう、ちっぽけなつのは初めて見た」

わたしは歩調を弛めた。墨井との距離が開いていく。

ふり返り、

「やっぱり見える？」

ぎょろついた眼。彼は楽しげに薄い唇を歪めて、

「自分を人殺しとは認めてないわけだ。つまり」

「――直接は手を下していない。彼女、恋人が自殺してる」

「女生徒だろう。噂、聞いた」

この痩せこけた少年の額にもまた、わたしと同様の隆起がある。つのが。

幼い頃、母親を溺死させたのだ。

羅刹国を、わたしが夢みるごとにさ迷うであろう世界は恐怖と悪意が永遠の争いを続けるその地であることを、わたしに予言したのが、この上級生だ。

「自殺教唆。罪を直視せず平然と教師を続けてる。許しがたい。きっと薬を呑まずにふつうに眠れるんだろう。テレビを見て腹の底から笑えるんだろう」

「認めれば、向こうで会うかしら。あの程度でも、羅刹？」

「ああ。行きそびれてるなら、行かせてやるさ。あの女は羅を選ぶかな、それとも刹か。おれ

とあんたと、どっちの味方になるだろう」

芥川は刹を、こちらの世界に悪意を蔓延《はびこ》らせる勢力を選んだ。わたしが選んだのは羅。恐怖を蔓延らせる。同じ事象の裏表に過ぎないのだと、むろんふたりとも気づいている。悪意は恐怖を招き、恐怖はしょせん悪意を招く。

それでも両者は闘わねばならない。無目的な亡者の群れと化さぬため。それが羅刹国。

いつかあちらで出合うかもしれない墨井は、わたしの味方か？　芥川の味方か？　重大なことがらに気づいて、わたしは茫然と、雑踏に紛《まぎ》れ込まんとしている墨井の後ろ頭を見つめた。

「芥川、あんたなに」

とふたたび話しかけようとしたとき、彼はもう、わたしのかたわらから姿を消していた。往来を見渡して、そのどこにも白い制服の開襟シャツは見当たらなかった。


この書庫といいカラオケ室といい、狭苦しい場所を好む。

広所恐怖だろうか。それともわたしとの密着を求めているだけか。

トイレに、といって例の音のない歩き方で、わたしの椅子の脇を通り抜けていく墨井の、ウエストポウチを横目に、訝《いぶか》った。

いつも必ず薄手のジャケットを着込んでいるのだが、真夏日の今日はさすがに、椅子の背に掛けた。携帯電話のホルダーにしては武骨な、そのポウチが現れた。

上着の奇妙な膨らみを、つねづねわたしは意識していた。ひとつ謎が解けたと思ったら、また次の謎だ。男性なら、小銭や煙草《たばこ》をああして持ち歩く人もいそうだが。

三度めの呼出し。学級では、わたしが墨井の魔手に落ちたとの噂が立ちはじめているようで、とりわけ彩夏はこのところ態度が素気《そっけ》ない。仕方がない。

「開かない。開かない。本当に？」

ドアノブを鳴らしながら彼女が自問している。わたしのほうを向いて、

「開かないわ。いないと思われて締められちゃった、たぶん」

黙ったまま耳を澄ませた。書架の向こうに、人がいる気配は感じられない。他の教師たちはみな帰ってしまったようだ。

「どうしよう……だれか。すみません、だれか」

「こっちから開かないんですか」

「開かないみたいなの」

彼女はドアを揺らした。

はじめ、自作自演ではないかと疑った。墨井みずから密室空間を演出しているのではないかと。しかしドアの外側を思いだしてみれば、付いていたのは後付けのダイヤル錠だった。内側から開閉できる構造ではない。

あとで感じた。真に意図的ではなかったにせよ、墨井の心のどこかに、ああして、ふたりき

りで閉塞されることへの期待があったのではないか。だからあの細長い小部屋を呼出しの場に選び続けていたのではないか。

たんなる呼出しではなく、密会の意識が明瞭だったのではないか。

もし本当にそうだったとして、しかし現実の幽閉は、わたしにとっても、また彼女自身にも甘美なものではなかった。彼女は尿意に耐えねばならなかったし、まして間もなく室温が上がりはじめたのだ、真夏日だというのに、さらに。

「空気、暑くないですか」

わたしが気づいていうと、墨井も手で喉元を扇ぎながら、

「ガスヒーターが点いてるわね。だれが……これ悪戯?」

芥川だと、直感した。同時にあきらめが生じた。きっと周到だ。

「携帯、左右田さん持ってない?」

かぶりを振る。わたしに期待するということは、ポウチの中身はやはり携帯ではない。

「そう。ああ、鞄を持ってきてれば」

「さいあく夜まで待てば、守衛の見廻りが」

慰《なぐさ》めをいったが、彼女が返した笑顔は力なかった。

左右に隆起を擁したM字形の生え際が、汗に濡れ、夕陽を反射している。暑さばかりで生じた汗ではなさそうだ。

……たぶん二時間近く、わたしは摂氏四十度は下るまい暑さに耐えて、ブラウスをべとべとに濡らし、墨井はそのうえ尿意にも耐え続けた。黄昏が部屋を呑み込みつつあるが、書架のこちら側には電灯のスイッチもない。

わたしだけでも脱出できればなんとかなると、書架に昇りもしたのだが、天井との隙間には頭も入らなかった。

窓は、書架の向こうに据え付けられたウィンドウ・ファンのせいで塡《は》めごろしの状態だし、割ってコンクリの庇《ひさし》の上に降りたところで、今度はファンの出っぱりが通せんぼをしている。反対側は階段の位置にあたるので、庇そのものが途切れている。

長くても夜までの苦しみ。そう自分にいい聞かせて、冒険的な行動からは意識を遠ざけていた。こういうとき、というよりもここ最近のわたしに関して、大胆な行動はかならず死に直結する気がしてならない。

吸うのも胸が痛いほど、室内の空気は、熱く、乾ききっている。唾液は粘ついて、飲み込んでも咽から下に降りていかない。

白眼を蒼く、震えがちにわたしに向けると、墨井はついに音をあげた。

「左右田さん、ごめんなさい、限界。しばらくあっち向いてて」

彼女が立ちあがり、棚で埃にまみれている安っぽい花瓶に手を伸ばしたので、わたしは察して小部屋の端に行き、壁に向かい、両耳を塞いだ。

しばらくして、闇の底に、短く、放尿の音が躍った。音が途切れてからもじっとそのままでいたが、続きを聞くことはなかった。

余分な水気はとうに汗になって排出されているのだ。多量に出るはずがない。耐えようのない尿意は、脳内にとり残された信号が、自己増幅したものだったようだ。神経に変調をきたしている。わたしもとうにだろうが。

「すみません。もう」

という墨井の声を感じ、耳から手を離してふり返ると、彼女はすでに椅子の上にいた。花瓶は部屋の隅の床に置いてあった。まるめたハンカチで蓋をされていた。

「あとで片づけますから」

その「あとで」は、いつになったら訪れたものか。

椅子に戻り、うつむいて顔をあげられずにいる墨井に視線を投げて、一瞬、わたしが後ろを向いているあいだに彼女が椅子と椅子とを近づけたかのように感じたが、思い返せばそういう気配も時間もなかった。縮まったのは、心理上の距離感に違いなかった。

人前にいるかぎりは懸命の浮遊を続けていた彼女が、さっきとうとう、轟音をたてて地上に落下してきたのである。こもった短い水音だったが、それは彼女にとって轟音であり、みずからの質量の証明だった。

過剰で、凄惨で、卑猥で、汚濁した世界の住人であることの、確認だった。

薄絹のような仮想の翅《はね》が飾りものに過ぎないことが知れた以上、彼女は名実ともに、わたしたちと同じ地を這うばかりの蟻《あり》である。だけどわたしは、その現実に直面している彼女が嫌いではない。

翔べるものか。

ましてや羅刹。

書架の向こうから跫音が響いてきたが、落ちつき払った足どりであるがゆえに、ふたりとも声をあげられなかった。跫音はドアの向こうで、小動物が物を齧《かじ》っているような音に変わった。錠を開いている。

ドアが後退した。

ふたり揃って突進していけば、一息に逃げだせるのではないかと、それがもっとも手っ取り早い解決ではないかと、墨井の顔を見てみたが、気力の失せたまなざしは、こちらを見返しもしなかった。

わたしの気力も、そこで費えた。汗に濡れた軀《からだ》を、合皮の背もたれに押しつける。

「ああ暑いなあ」

歌うように独りごちながら、芥川が入ってきた。

「暑いなあ。人がいるぶんこっちのほうがひどいなあ」

薄闇に眼をぎょろつかせ、部屋の暑さを楽しんでいる。

「何年何組」

と墨井がつぶやく。しかし続きが出てこない。思考が混沌としているのだ。

うろついていた芥川の視線が、部屋の一角に留まる。彼は息で咽を鳴らした。花瓶の意味を悟ったようだ。

視線をわたしに戻して、

「羅か刹か、どっちに決めたか、もう訊いた？」

わたしは頭を転がした。

「訊けるわけがない。羅刹かどうかもわからないのに。ちょっとお願い、ヒーターを停めてきて」

「羅刹さ。あんただってそう思ってるだろ。人殺しさ。だから」

芥川は自分の額を指差した。次いで、その指をわたしに向けた。

「自分で停めてくる」

立ちあがろうとするわたしに、芥川は素早く近づき、手に冷たいものを押しつけてきた。ミネラル水の小さなペットボトルだった、未開封の。

わたしが蓋を捻り、ちぎり取ろうとしている間に、彼は飛びかかるように墨井の椅子に迫った。傷つけんばかりに、額のつのを彼女の顔に寄せ、

「先生、人殺しには人殺しの目印があるのを知っていますか」

手を、彼女の頭に寄せる。墨井はうるさげに払って、

「人を殺した、ことなんかありません」

芥川は仰《の》け反《ぞ》り、払われた手を反対の手で握り込んだ。わたしをふり返った。

「ぶたれた。質問したらぶたれた。おれだって生徒なのに」

「やめなよ」

「ここは学校じゃないのか。この部屋だけは別世界か。欲望と暴力がこの部屋のルールか。羅刹の国より酷いな。おれたちはいつも理性的に闘っている。この部屋のルールか、おい」

ふたたび墨井に被いかぶさった。片手が、こんどは墨井の軀をつかんでいる。ブラウスごしに乳房を握りしめている。

「それともレスビアンのルールか」

墨井は顎をあげた。

「手を放しなさい」

「ルールを忘れるな」

芥川は彼女の頬を張った。大きな、厭《いや》な音がした。

酔っていると、わたしは思った。においがしなかったから酒にではない。病院で貰っている薬を、わざと大量に呑んでいる可能性はある。

あるいは熱気に、あるいは支配感、全能感に、ともかく芥川は酩酊している。

「認めろ、あんたは人を殺した」

「殺してない」

「認めて選べ。恐怖か悪意か。羅か刹か」

腰を屈めて、まるで懇願するように彼女の軀をまさぐっている。

「やめて。放して」

「選べ」

「じゃあ悪意。悪意」

「刹か」

芥川の動作が止まる。

「味方だ。やなこった」

彼はわたしのほうを向いて、笑った。墨井の手が腰のポウチのファスナーを開けるのを、同じ視界に、わたしは捉えていた。

「じゃあおれは寝返る。羅だ。左右田さん、おれはあんたに味方する」

芥川がまた墨井の肉体をまさぐりはじめる。

「やめなさい」

彼女が甲高く叫ぶと同時に、その手許に青白い放電光が発した。光を、彼女は相手のむきだしの腕に押しつけた。

芥川の身が宙に躍った。本当に、人形のように跳ねあがったのだ。

そして墜ちた。墨井も椅子から転げ落ちた。

「やめなさい。やめてよ。なんでまた。いつも、いつも、畜生、畜生――」

たぶん過去の何者かと混同して、そう連呼しながら、芥川の首筋に繰り返し繰り返し、装置の先端を押しつけている。芥川は眼を大きく見開いて、またなにかを可笑《おか》しがってるみたいだ。

「先生、もうやめたほうがいい。そいつ、軀が弱い。たしか心臓」

激しく肩を上下させている墨井に、聞き入れられるという期待感もべつになく、静かにそう話しかけながら、なぜ彼の心臓のことを知っているのだろうと、内心わたしは自問していた。聞いたことがあったかしら。忘れてしまった。

わたしには記憶の欠けが多い。

芥川が手渡してくれた水を、わたしは飲んだ。それからまた墨井を見おろした。

あ。心臓の話、やっぱり本当だった。

「だからもう……手遅れか」

いっそう小声であったにもかかわらず、墨井はびっくりしたように身を起こした。わたしは教えた。

「先生、もう死んでる」

彼女の額の、さっきまではほとんど目立たなかったつのが、いまは凜と、蒼いくらがりを突いている。成長している。
予感だったのだ、あの、微かなつのは。
視界がさらに暗くなり、そのうえ赤らんで、濃い紫色を呈しはじめた。
なにも見えなくなった。

三　羅刹国ニテ芥川少年ノ気配ヲ察セシコト

紫色の闇のなかに、わたしは横たわっている。頰に熱い砂を感じる。
羅刹国だ。
戻ってきた。
前の夢の続き？　前の夢はどこで途絶えた？
……思いだせる。思いだした。羅か刹かの選択を迫られ、わたしは羅と答えた。
芥川は刹を選んでいた。敵だった。だから彼の棍棒で、思いきり横面を殴られたのだ。
頭蓋が吹っ飛ぶほどの打撃を受けて、わたしは地に伏した。
上空に息づかいを感じる。芥川が見おろしている。殴られた直後のようだ。
顔面をなにかが撫ではじめた。とくとくと……これは血だ。わたしの血流だ。

痛みを思いだしてしまった。わたしのなかを狂った獣のように駆けまわっているこの感覚は、激痛だ。あまりに激しく、まるで軀の外側の出来事のよう。遠くのことのよう。

しかし痛いということは、わたしはまだ生きている、気を失いさえしなかったのだ、鋼鉄の棍棒で頭を殴られてなお。

なんと頑健な、悲しいほど丈夫な、この若い羅刹の肉体。過酷な世界に見合った、ずいぶん凄絶な存在だこと。

このまま行けば、きっとわたしは快復してしまうのだ、長い長い苦しみを経て。

殺すつもりならいまを逃す手はなかろうに、芥川はまだ次の打撃を加えてこない。

そういえば羅に寝返るといっていた。本気の言葉だった？

「芥川」

と彼の名を呼んだ声は、内耳《ないじ》をすっかり潰されたか、びりびりと、ひどい雑音を伴った。

返事を待ったが、砂の大地を吹きすさぶ熱風の、低い唸りが身に感じられるばかりだった。

気配がない。立ち去ったのか。

「いるの。いないの」

身を起こせないわたしは、闇に向かって、砂の感触に向かって叫び続けた。

「芥川。芥川。芥川。芥川」

＊

芥川の死から四日めの朝、篠崎鸛子殺害犯の逮捕が、新聞報道された。

自殺は偽装だった。遺体のなかには、頃合を同じくして息絶えた、胎児の存在があった。墨井と本当にレスビアン関係にあったとすれば、鸛子は男性と墨井とに二股を掛けていたことになる。

犯人は胎児の父親。原宿《はらじゅく》にある有名店の美容師。既婚で、子供もいる。

よくできた偽装だったので、自殺という結論で捜査は打ち切られつつあった。それがふたたび熱気を帯びたのは、捜査本部に、一本のカセットテープが、匿名で送りつけられてきたからだった。

鸛子と懇意らしい女性が、男性に対し、責任逃れを非難しているようすが録音されていた。会話のニュアンスから、鸛子生前の対話と思われた。女性の声ばかり明瞭なので、おそらく女性のほうが隠し録りしたものであろうとのことだ。

会話のなかで男性は、鸛子との交際を全否定しているし、肯定していたところでなんの証拠能力もない。しかし司法解剖により、鸛子の妊娠は確認されていた。親や教師はもちろん、たぶん級友のだれも知らなかったであろう事実を前提に、テープのなかのふたりはいい争っている。

「店」「お店」そして「お客さん」といったことばが、やりとりの端々《はしばし》にあった。高校生の鶺子が常客たりうる店。美容師が、警察の視野におどり出てきた。

鶺子が死んだ日の、彼の行動が検証されはじめた。……

以上のことをわたしは救急病院で、兄の新聞朗読と、隣の患者が見ているテレビの音声から知った。国語研究室の小部屋で、わたしはあのまま失神したのだ。

長時間、熱気にさらされての脱水が原因だから、体力は点滴で戻った。それでも入院して検査を続けねばならなかったのは、目覚めたとき、眼が見えなかったからだ。

眼球の機能に問題はなく、また頭のどこを打ったというのでもなく、純粋に精神的なもの、というのが医師の結論だった。人の心というのは現金なもので、そういう結論を聞くと、翌日はすこし見えるようになった。

薄眼にしているようなもどかしい見え方だが、穏やかな生活には不自由はない。学校にも通っている。

墨井はもう学校にいない。正当な防衛か過剰な反撃か、芥川の生命を停止させた罪の重さはいかほどか、司法の判定を待つ身だ。

芥川のために、今度は墨井は、涙を流しているだろうか。

鶺子の非業の死は墨井の心を、沈ませる以前に、煽《あお》った。復讐の決意を繰り返し胸に刻み込むのに懸命で、きっと本当に彼女は泣かなかったのだ、鸛子の葬儀で。

墨井がわたしに鸛子を見ようとしていたのは明白で、わたしにすら自分を重ねんとしていたのだから、きっと鸛子は、彼女そのものだった。

彼女の微かなつのは、それが額に落としていた翳りは、いずれ人を、きっと男性を、殺めるであろうことの予感だったのだとわたしは考える。わたし自身の予感か、それとも彼女の予感をわたしが感じたものかの、判断はつかない。

いえるのは、殺意はなんらかの魔法によって瞬時に生じるものではなく、人に内在するものであるということ。じりじりと羽化すべきときを待っている、蛹《さなぎ》のようであるということ。


「そういう結論に」

と、かかりつけの青年医師。カルテの上をペン先が走る音。

「まあゲームですけど」

「論理の」

「論理……ではないです。そういう思考を論理的とは、思いません。クロスワードパズルみたいな。事実がいくつかあって、うまくその橋渡しになる、なにか、ことばを見つけてるだけ」

「見つかると落ち着く」

「ええ。そのときは」

ペン先が止まり、紙を離れ、また接して走り……また止まって、紙を離れる。

「では」

医師の膝が重なる。

「人の羅刹国行きは、強い動機を得た時点で内定していることになるね」

「そうですね。問題は、パスポートがいつ下りるかだけ」

「つのになりきっていない、つのの芽とでもいうのかな、それを、ほかで見たことは」

「ありません。そんなに人の顔を観察するほうじゃないし。墨井先生には、はじめからちょっと興味があったし」

「芥川くん……気の毒だったね、彼にも見えていた、といったね」

「そういってました」

「あなたが教えた、ということはないですか。あの先生には小さなつのがあるよ、と」

「いっていないと思います。記憶が、最近はだいぶはっきりしているので確かだと思います」

「じゃあ読んだか」

その場では意味を取れなかったが、いがらっぽい響きを感じて、みょうに頭に残った。

医師はふたたび机に向かった。ペンを動かしながら、

「しかし、思いのほか落ち着いてるんで安心したよ。いつもの薬だけにしときましょう。すみません、ちょっと」

医師の背後でカーテンが開き、若い看護婦が姿を現した。医師がメモを手渡す。

「看護婦さん、いつもの人と違いますね」

「人が多いからね」

「そこから出てくるのはいつも同じ人だった」

「関口《せきぐち》くんか」

不意に医師の声色が深まったので、わたしは顔をあげた。霞んだ視界を上下に拡げた。

「今日は休みなんだ、無断でね。やけに疲れてるようだったから、いまごろは、そう、夢のなかだろう」

医師は腕時計を見つめながらつぶやき、わらった。さっきまでは額に見当たらなかった二本のつのが、満足げに左右に振れた。

続々羅刹国

——雨の章——

1

沙漠の雨は、霧のように細かく、しばしば途絶えかけた。

いよいよやむかと雲行きを気にかけていると、また思い出したように視野を覆《おお》う。

沙漠一帯が雨に包まれているはずなどなし、では雨雲がわれわれに追従しているのだろうかと思いつくと、そうに違いなく感じられはじめた。呆然として立ち止まった。

たぶんその、立ち止まったところから、夢は始まった。それ以前のこととして頭に残っているいっさいは、夢が始まってからの回想だろう。

わたしは羅刹《らせつ》国にいた。また、夢の異界を訪れていた。

景色は紗《しゃ》を張り巡らせたように淡く、なにもかもが遠かった。わたしは野を見渡し、かつてうろついていた峡谷《きょうこく》の底からすれば、ずいぶん平坦な地形であることを再確認し、ああ、こんなところにまで来てしまったと、激しいほど切ない気分に陥った。

こんな平たい沙漠では、太陽の直射は避けられない。いま空が晴れたら、前方を行く鬼どもはみな、慌てて踵《きびす》を返して最後の岩陰を目指すのだろうけれど、もはや方角も不明瞭なほど遙かな場所に、灼熱のなかをとうてい辿りつけはしまい。全滅だ。

地形は変わっても、地面の色の果てしない単調さばかりは、峡谷地帯となんら変わりはなかった。今は濡れて赤らんでいる、石と砂。それだけの世界。

緑はない。枯れ木もない。獣も鳥もいない。まるで月面。

ましてここには、夜もないのだ。わたしはまだ一度として、この国の夜を見たことがない。しょせんいずこも灼熱地獄なのだから、たとえ命を縮めることになろうが、変化を怖れて谷底にしがみついているより、これは遙かにましな運命だと、旅を始めてからずっと自分に云い聞かせてきた。

微細な雨粒が砂を打って発する、しんとしたノイズは、右耳にだけ響いていた。芥川《あくたがわ》の鉄の棍棒に横面を張られて以来、左の内耳《ないじ》は壊れたままだ。治るまい。

＊

芥川。わたしをこの世界へと導いた少年。より正確に云うならば、彼はわたしに、わたしの心のありかを教えたのだ。

向こうの世界――どこにもかしこにも住宅が建ち並び、学校があり、郵便局や病院があり、セブンイレブンがありマクドナルドがあり、甘ったるいシナモンロールのために長い行列のできる店があり、香料のにおいに満ちた入浴用品の店があり、深い緑色に満ちた公園があり、それらを道路と無数のワイヤーと水道管がつないでいる世界（東京！）――で彼は、すでに死んでしまった存在だ。脆弱だった心臓は、女教師が重ねて押しつけたスタンガンの電流に驚き、停まった。

彼の葬儀に、入院していたわたしは参列できなかった。入院していなかったとしても、出掛けはしなかったような気がするが、ともかくわたしは病院のベッドの、清潔なシーツに挟まれていた。

退院の日の病院を出ぎわ、主治医が、ふと義務を思い出したように霊園の名を教えてくれた。病院前を経由するバス路線のひとつが、その入口まで通じていることも。

「そうですか」

とわたしは頷いて、兄の自動車でおとなしく家に戻った。

＊

それから何度めかの診察の、順番待ちのあいだに、きょう行こう、と思いたった。診察後、通りのいつもとは反対側のバス停のベンチに腰をおろした。

羅刹国のわたしは半分聴力を失っているが、東京に暮らしているほうのわたしは、目下、視力にいささか不自由がある。薄目にしているみたいに視界が狭く、ものの輪郭がぼんやりとしている。精神的なものだと主治医は云い、じじつ時とともに心が穏やかになるにつれ、じりじりと視界が拡がっているような気はしている。ではまた心が荒れはじめたら、いっそう見えなくなるのだろうかと想像すると、空恐《そら》ろしくもある。

バスが近づいてくるたび歩道の端まで出なければ、行き先の表示を確認できないのが、まったくめんどくさい。求めるバスはなかなか現れなかった。

退屈して学生鞄のなかでポウチを開き、ヴァージニア・スリムを一本、紙箱からつまみ出した。唇にくわえる前に、思いついてそれを鼻の下に寄せ、葉のにおいを嗅いだ。

かつて原宿《はらじゅく》の露天カフェで、隣のテーブルに肘を置き長い脚を組み合わせていた若い白人女が、一本一本、そのようにしてから唇にくわえて火をつけるのを、わたしはじっと見つめていた。女性は、まばゆいほどの淡い金髪を、贅沢に短く苅っていた。

その女の真似をしたのだ。

いい香りだとは思わなかった。しかし煙草《たばこ》のにおいと云い習わされているものが、煙草の「煙の」においだということはわかった。煙草そのものは、もっと遠い感じのにおいがする。

＊

原宿の女とは、数週間を置いて、意外な場所で再会した。

兄の留守中に彼の部屋へと入り込み、パソコンを起動させインターネットに接続して、彼がブラウザに記したブックマークを辿っていた。自分のパソコンは持っていない。使い慣れていない。インターネットには興味があるが、なにを取掛《とつか》かりに散策すれば面白いかというのは、思いつきそうでいて、とっさには思いつかないものだ。

兄の足跡の要所要所を、つまり彼が再訪の価値ありと判断し、URLを記録しているサイトを巡ってみるというのは、なかなかのアイデアだった。

兄妹だけに、趣味は意外なくらい似通っている。そんな話をした覚えもないのに、CDを買ってみたばかりの歌手の、公式サイトが現れる。可笑《おか》しいと思っていたテレビ・コマーシャルの撮影日記が現れる。興味を抱いている鞄の、輸入代理店の販売カタログが現れる。

一方で、アダルト・サイトを呼び出すブックマークの多さには閉口してもいた。露骨な名称のサイトははなから無視だが、気づかずに頁《ページ》を開いたが最後、もう手遅れということが、ままあった。

滅多やたらとウィンドウが開いて、消したら消しただけ新しいものが開く。きりがない。仕方なく、いったんブラウザを終わらせる羽目になる。つまらぬ意地悪をされたようで、もう散策の気分は失せている。

勝手に、そのようにして開いたウィンドウのなかに、原宿の女はいた。カフェで見たときより髪の毛はずっと長かった。しかも等しくまばゆかった。全裸で、脚を拡げ、乳房を抱え、反対の手で性器を拡げていた。

扇情的……なのであろうポーズはともかくも、わたしの目には、白い肢体にサイト名が重ねられていることが、やけに惨《みじ》めったらしく映った。救いは、彼女がこちらを、きっと睨みつけていたことだった。

睨み返し、長らく見つめていた。カフェではよく見えなかった彼女の眼は、鳶色《とびいろ》に、ところどころ緑色が差しているようだった。今はどこでどうしているのだろう。今も、ときには原宿を歩き、カフェで休息をとりながら、立て続けに煙草を喫《す》っているんだろうか。

＊

ヴァージニア・スリムを唇にくわえて火を点《とも》したのとほぼ同時に、いま一台のバスが近づいてきた。煙を吐きながら立ち上がって確認すると、目的のバスだった。表示塔に針金で、塗料かなにかの空き缶を縛りつけただけの喫いがら入れに、煙草を放った。

運転手に霊園名を云い、

「いくらですか」

と訊ねた。

「二百三十円」

よく訊ねられるのか、待ち構えていたようなタイミングで運転手は答えた。

わたしの顔を横目にしながら帽子をすこし持ち上げ、なかに前髪を掻き入れた。庇《ひさし》の下に、つのの根が覗いて、隠れた。

眷属だ。

違う、錯覚、錯覚、と自分に云って聞かせながら、どこか、見たものをそのまま信じてしまっている。彼のほうにも、わたしのつのが見えているのではなかろうかと心配になりはじめ、身震いするほどの緊張に襲われた。

お金がないふりをして、降りて、次のバスを待とうかと迷ったが、厭《いと》うようなそぶりは運転手をいたずらに興奮させ、彼はわたしを窮地に追い込もうとするかもしれないと想像した。あいつは人殺しですよ、みなさん、と彼が車内アナウンスをしている情景が——考えてみれば奇妙なさまだが——脳裡をよぎったのだ。

乗客は多かった。他に、額につのを生やした顔は見つけられなかったが、みな運転手の味方のように感じられた。財布を開き、二百三十円、料金箱に放った。

霊園は、漠然と想像していたよりだいぶ遠かった。

初め、運転手の死角になるような場所に立っていたが、あとから乗り込んできた客に押され、押され、いつしか、運転手が車内を確認するための鏡に、彼の帽子と顔が映って見える位置に立っていた。わたしから彼が見えるなら、彼からもわたしは見えている。

ちらちらと、しきりにこちらへ視線を送っているような気がしてならない。

霊園はまた、わたしの想像より遙かに広大でもあった。待ちかねていたアナウンスに、逃げだすようにバスを降り、というよりもまさしく車内から逃げだし、同じ歩道にあった案内図を見取り、ちまちました住宅の間を、矢印通りに丁寧に進んだつもりでいたが、不意に至ったのは短い小さな石段で、上では管理所らしいプレファブの建物が締めきった窓をこちらに向けていた。路を折れるのが早すぎたか遅すぎたかで、抜け道を通ってしまったらしかった。

プレファブの向こうには背の高い木々が見えるばかりだったところ、石段の半ばで、長々とした墓石の連なりがその狭間狭間に現れ、もう一段あがると、今度はいろんな方向に同じほどの墓石が姿を現した。

すでに日は隠れ、景色は青みがかっていた。

管理所にあかりは見あたらない。

自力で墓石を見つけるのは無理だろうと判断した。側面に彼の名が彫り込まれた御影石のかたまりを思った。眺め続けようが、触れようが、彼の声が聞けるわけではないということに、どうしてか、そのとき初めて気づいた。
わたしは石段を引き返した。家に帰るまで、ずっと後悔していた。
……居士《こじ》　俗名　要《かなめ》
芥川要。享年十七。

*

こちらの世界の彼はどうか？　ふたつの世界に生きるわたしたちの、一方の世界での死に、他方は連動するのか？

彼がわたしを殴りつけ、しかし、とどめを刺すでもなく立ち去っていったのは、刹から羅への宗旨変えゆえか？

雨のおかげか、それとも頭のなかが半分静かなせいか、思考がはっきりとしている。いろんなことを考えられる。片耳に宿った静寂ゆえだとすれば、これは芥川からの贈りものとも云える。

考えられる、と唇に乗せたら、思いがけず頬が弛《ゆる》んだ。肉体的な飢餓《きが》のみならず、回想や考察への餓《う》えにも、慢性的にさらされてきた羅刹国のわたし。

今は、考えられる。新しい武器を手にしたような気分だ。もうしばらく、わたしはここを生き延びていくのだろう。

わたしを置き去りにしつつあることに気づいた、集団のひとりが、湿った砂の上を引き返してくる。からかいに来るのだろうか。そんな余裕を保《たも》っている者があの集団にいたかしら。

男の足は速かった。わたしよりずっと背丈がある。手にはなにも持っていない。

伸び放題の不潔な髪が濡れそぼり、額のふたつの突起に割られて房《ふさ》になり、赤黒い顔に張りついている。よく知っている男だった。

「疲れ果てたか」

と云った。言葉つきは穏やかだ。

変わった男で、まるで集団のなかに自分が存在していないかのような態度を好む。亡霊のように、いつも他の鬼たちの間を行き来している。

「雨がついてくる」

わたしが云うと、男はうなずいた。

「運がいい」

「でも、今にもやみそうだ」

「心ひとつだろう。いずれにせよ、ありがたい」

男は天を仰ぎ、気持ちよさそうに、霧雨を顔に浴びた。

峡谷の雨は、いつも滝のような勢いで大地に注いで、奇岩を削って狭間に溜まり、しばしばそれは堰《せき》を切り鉄砲水となり、土砂のみならず谷底を這いまわる鬼たちをも、より低い土地へと押し流していった。そうしておいて、また突如としてやんでしまう。

雲間に巨大な太陽が現れると、あたかも瞬時に、豪雨の名残はかき消えた。高い場所から流れてきた新しい砂は湯気を吐き、乾いて、ふたたび熱い地面を成した。

比して、この雨はまさしく恵みだ。

「小此木《おこのぎ》」

と男に呼びかけながら、思い出した。この男は小此木というのだ。

「この沙漠の先になにもなかったら、あんた、どうするつもりなの。みな怒り狂い襲いかかってくるよ」

小此木は声をあげずに笑った。

「なにもなければ、どうせ全滅だ。それだけのことだ」

登場からして、この男は亡霊のようだった。

*

かつては倍もいたこの若い羅の集団で、広大な岩陰の先客たちを殺して占拠したあと、ひと心地ついて陰を見渡すと、いつの間にか頭数がひとつ増えていた。さきに岩陰にいた者たちは皆殺しにしていた。それ以前、太陽の熱い閃光のなかを集団が進んでいるあいだに、紛《まぎ》れ込んでいたとしか思えない。

羅の集団といっても、刹との小競り合いのひとつとして経験していたわけではない。すでに羅たることを選んでいるわたしに影響されて、そういう空気に染まっていただけのこと。獲物を選ぶときの基準からして、羅も刹もなかった。空腹の度合い、仕留められそうな相手かどうか、そのふたつだけだ。

問答無用で殺してしまったあとになり、これは仲間殺しではなかったのかという疑念が生ずることが、ないでもない。が、そうでなくても鈍《にぶ》りきっている思考を、さらに食欲が短絡させる。こう脆弱では羅としても刹としても役には立つまいし、その血を啜《すす》り内臓を食《は》んでわたしが存《なが》らえるべきだと結論して、満腹すれば疑念を感じたことも忘れてしまう。芥川と離れて以降のわたしは、似たふうな若い鬼たちに交じり、そのようにして灼熱地獄を生き延びていたのである。

初めはおとなしく、見廻してもどこにいるかわからないようであった小此木が、あるとき周囲に向けて熱弁をふるいはじめたときは、全員が呆気にとられた。

自分は平原を越えてきたと、彼は云った。緑のある場所から。

諸君はここが辺境だという事実に気づいているかと、彼は挑戦的に問いかけた。集団はざわついた。彼は続けた。はるばる旅してきた甲斐《かい》もなく、ここにはなにもない。まったくなにもない。もはや峡谷を越えることはせず、野のむこうに帰ろうと思う。ついて来る者はないか。そう云って募った。

……その後、わたしの右耳にだけ、小此木はそっと本音を洩らしたのである。旅をしてきたというのは嘘だった。緑の存在も、当て推量に過ぎなかった。

「だけど沙漠の果てを見たいだろう、きみも」

と彼は云った。岩陰の端の密談。よく憶えている。

「きっと帰ってこれないね」

「帰ってくる必要なんかない。なんでこんな場所に愛着を抱く必要がある」

「ここが酷い場所だからって、死に急ぐ必要もないと思うけれど」

「まるで希望のない旅でもないさ。雨の降る世界なら必ずどこかに緑はある。ぼくらがそこに至れるかどうかは、また別の話だが」

「なぜわたしにはそこまで話すの。怖じ気づいて、まわりに本当のことを話してしまうかもしれない」

「そうなれば、きみの旅はここで終わる。実際に腰をあげようがあげまいが、ここが全体のなかの一部に過ぎないことを知り、遠い景色に思いを馳せた瞬間から、もう旅は始まってるんだよ。いざとなれば、ぼくはひとりででも沙漠に踏み出すつもりでいるが、隊列を組めばより遠くまで行ける。この集団の数に対して、先導者がひとりでは物足りない」

隊列ならより遠くへ行けるという云いぐさに、なにやら美しい解釈を施しかけた自分が可笑しかった。先にのたれ死んだ者の、血と肉に群がることができるという意味に過ぎないのに。

「なぜわたしを？　ほかにも屈強な者はいる」

「見渡したところ、この集団に本物の羅はきみひとりだ。あとはきみに迎合しているに過ぎない。彼らの」

と小此木は、岩陰にうずくまって休む、他の者たちに視線を配りながら、いっそう小声で、

「本質は混沌だよ。羅か刹か選びとるほどの知力はない」

「わたしだって、どちらかにしろと強く云われて、仕方なく選んだだけだよ。羅も刹も、どっちも厭《いや》だし、どっちでもよかった」

「選ぶときは、みな仕方なく選ぶのさ。二項対立の力学を悟って、あえてそのなかに身を投じる」

羅と刹の優勢劣勢は、むこうの世界に蔓延《はびこ》る、恐怖と悪意の比率に影響するらしい。芥川もそう云っていたし、小此木の話もそれを前提にしているようだった。

しかし思えば、恐怖というのは悪意を、悪意は恐怖を生成するものではないのか。つまり羅と刹の二分は、たんに争いを容易にし恒久化するための、二項対立に見せかけた相互補完システムに過ぎないのではないのか。

そもそも羅と刹の戦《いくさ》は、どこで行われているのだろう。それすら見知らぬまま、わたしたち

はみずからを羅と称し、ふたつの勢力の力学など語らっている。

　ずいぶん滑稽なことじゃない？

「力学を悟れない者は、選ばない。ただ迎合するのみだ。なにごとに関してもね。きみが旅立つと云いだせば、きっと全員が追従するだろうよ。それも力学だ」

「追従する者もいるだろうけど、それぞれだよ」

「全員が追従する。きみが集団から欠ければ、彼らは羅ではなくなるからだ。自分が羅である理由をわかっている者はひとりもいない。羅か刹かに身を置くことで得られる、主体性は体験している。夜も星もないこの世界を思考するための基準は、羅と刹の二元論以外にない。どちらでもない状態の自分に戻るのは、知恵を捨てるも同じだ。しかし自分では選べない。本来、羅も刹も、彼らには遠い概念なんだ」

「わたしにも遠いよ」

「閃きはあったろう」

　旅立つか否か、すぐには返答できなかった。

　陰のない場所をただ歩き続けることは、死を意味する。沙漠にはどれほどの岩があるのか、陰があるのか、小此木にとっても未知なのだ。

　死は怖いかと自問してみた。この地獄に暮らしてなお、あなたは死を怖れていますか？

　わからなかった。小此木は集団に身を置き続けて、わたしの結論を待っているようだった。

いざとなればひとりで旅立つという彼の言葉が、嘘だったことにわたしは気づいた。彼はわたしを必要としている。わたしは旅立ちを決意した。

小此木はみなにそのことを伝えた。なるほど彼の云ったとおり、続々とわたしに迎合した。さぞや後悔したことだろう。野をしばらく進むと岩らしい岩は見当たらなくなり、せめて地平にぽつりと乗っかった、あの大岩までと、強引に行進を続けているあいだに、弱い者から次々と倒れ、他の者たちの腹に収まった。

腹に収めるといっても、髪が燃えあがるほどの灼熱のなかで、煮えたった血や内臓を喜んで味わえたものではない。食べないと進めなくなると思うから、無理にでも口をつけるが、じきに辟易《へきえき》する。

峡谷では宝石のように貴重に感じる屍肉を、砂の上に大量に残して、勿体ないとも感じなかった。どうせすぐまた、だれかが倒れる。

大岩へ至るまでに、半数近くへと減った。さきにはもう、波打ちがちな地平線のほかには本当になにも見えなかった。

久しぶりの冷えた砂に軀《からだ》を押しつけ、体温を下げているところに、小此木が顔を寄せてきて、みなの体力が恢復しきる前にここを出ようとささやいたときはさすがに、狂人のくちぐるまに乗せられてきたかと愕然となった。

「やがて空腹を感じはじめる。殺し合いになる」

云われてみれば、もっともだった。他に獲物を見つけようがない。

「そういう無駄は好まないな」

と彼は云った。わたしは小此木に従った。他は、わたしに従った。

小此木に操られていると感じた。体温はふたたび激しく変化し、それがなんとも云えない疲労感を呼んで、わたしたちの歩みは大岩に至るまでに増して、のろかった。

いくらかも進まぬうちに、また弱い者から倒れはじめた。弱いといっても、峡谷ではむしろ屈強を誇っていた者だ。

わたしは自身、いつ砂に顔をうずめてもふしぎはなかった。熱に澱《よど》んだ視界が、かたわらを進む小此木の姿を淡く捉えた。苦しげに頭をさげているが、うつむいた横顔には恍惚たる表情がうかんでいた。わたしの眼にはそう映った。

彼の内なる狂気を憾《うら》んだ。その求心力にあらがえなかった自分を憾み、悔《く》いた。

だが最後まで生き延びるのは、わたしだ、わたしだ、呪うように祈るように、頭のなかで連ねる。最後から二番めは、小此木であるべきだ。

この稀代のロマンティストの苦悶の果ての犬死にを、わたしは嘲笑しよう。わたしの最後の笑いになるだろう。そして屍《しかばね》にはけっして手をつけず、熱砂に埋もれ干涸《ひから》びるに任せよう。どんなかたちであれ、そこから一歩も進ませるものか。

生き延びるのはわたしだ。わたしは、生き延びる。生き延びる。そう何千回か繰り返した。

日がすこし翳《かげ》った。もう何千回か繰り返すと、雨になった。

＊

……雨。

「が、これが奇跡ではなく、時折でも降るんだったら、ここはもう楽園の入口じゃないか」

よほど気持ちがいいのか、小此木が甘いことを云う。雨があがった途端に、また地獄だ。

「何日くらい歩いたかな。何週間？」

「知らない」

そっけなく答えた。夜がないのに日が数えられるはずもない。つまりは時間そのものが、ここには存在しないも同じなのだ。むろん小此木もわかって云っているのだが、笑いや冗談を返してやれる心境ではなかった。

前方で奇声があがり、またべつの奇声が重なった。

小此木はキャラヴァンに引き返していった。わたしもあとを追った。

追いついたとき、小此木は、旅を通じて先頭を歩き続けてきた少年――というより、まだほんの子供――がまとった襤褸《ぼろ》を両手でつかんで、その身をふり廻していた。

少年が口を結んで無抵抗でいるのは、なにか、よほど疚《やま》しい真似をしたからだろう。そう思い、わたしは立ち止まった。他の者も口を出さない。

小此木は少年を殴り倒し、のしかかった。両手で彼の口をこじ開けている。その手がなにかを引きずりだした。

やがて立ち上がったが、手にしたものを見つめて、それきり動かなくなった。

近づいた。見たが、またわたしも、発する言葉を持たなかった。感情の持ちようにすら迷って、しきりに小此木の顔色を窺っていた。

咀嚼《そしやく》されてぐちゃぐちゃに潰れてはいたが、間違いなくそれは草の根だった。葉の部分もすこし残っていた。枯れきって白んだ茶色に変わっていた。

しかし緑の残骸には違いなかった。

……雨。

2

雨粒はいつしか音に変わった。

しだいにそれは大粒の、ギターの音色に収束し、短い単調な旋律を成して、時を刻み始めた。

でも、しばらくすると突っかかって、砕けて……また最初から。

兄がギターを弾いているのだと、気づくと同時に、目が覚めた。

わたしの部屋は家の二階で、兄が使っている部屋のちょうど真上にあたる。音は、床をつき抜けて届くのではなく、窓硝子《ガラス》を抜けて隣家の壁に跳ね返り、ふたたび窓硝子を抜けてこのわたしの部屋に伝わってくるのだ。おたがい窓を開いている夜など、洟《はな》を啜りあげる音さえ聞こえてくる。

巧いギターではない。が、すくなくとも、夜の街角にふたり組みでしゃがみ込んで、ソングブックを見ながら合唱している十代のような、がちゃがちゃしたギターでもない。ジプシーたちの独特なジャズに憧れ、インターネットを通じて取り寄せた珍しいCDをよく聴いている兄は、みずからが奏でる旋律もまたそれらしき体《てい》だ。たどたどしいぶん、よけい旋律がもの悲しい。

＊

腕前に似合わず音色が耳に美しいのは、不相応な、高価な楽器を兄が使っているからだろう。学生のころ、プロとしてレコーディングを行ったことがあるという父が、音楽からすっかり離れてしまったあとも処分できなかった二本のうちの一本を、今は部屋に置くことを許可されている。

大きな茶色いギター。縁のあたりは黒く滲んで、その外側を象牙色のセルロイドが巻いている。ｆの字の形をした孔《あな》がふたつ空いている。

もう一本の黄色いギターより父の愛着が薄いのは、小学生のわたしが、一度塗装をだめにしてしまったからだろう。今は専門家の手で塗り直され、わたしの目には昔よりよほど美しいが、父にとっては不満足な出来だったようだ。

色、変わっちゃったな、というつぶやきを、今でも明瞭に、耳朶《じだ》に再現できる。

父のレコーディング話は、わたしも兄も半分に聞いている。だいいちそのレコードを、聴かせてもらったことも、見せてもらったことすらない。まったくの嘘ではないにせよ、きっとギターの音など他の音に埋もれて、録音に立ち合った人間にしか在処《ありか》がわからない程度の代物だと想像している。

生まじめで小心な父は、若い時分であれ、音楽で身を立てようなどという野心とは無縁だったろう。仲間うちに、はやり風邪のように野望が蔓延する時期があっても、最初に醒めてそこから脱するひとりが、父だったのではないかという気がする。

野望の熱にうかされ続けることができるのは、それ自体がすでに才能だと思う。父にその種の才はない。若いときから自覚はあったろう。レコーディングの話は、そういう父がゆいいつわたしたちに披露できた、若き日の冒険譚なのだ。

＊

兄のギター練習は続いている。時計を見ると、まだ六時半にもなっていない。このところ試験期間とかで、兄はでたらめな時間に寝ては起きている。

弾き直された旋律は、またさっきと同じところで詰まって、ぽつり、ぽつり、つながりのわるい断片になり、そこばかりを繰り返しはじめた。聴きながら、このギターの音が沙漠に雨を降らせたのかしらと、わたしは思った。

羅刹国の夢は、ふしぎと見事に連続しているが、小此木医師の説明を鵜呑《うの》みにして、あれはなにもかも、わたしの心象のパノラマに過ぎないのだと思うことにしている。

視力が乏しくなってから、気弱になった。周囲に対して従順になった。従順でいることは必ずしも苦痛の連続ではなく、特定の方向に対しては心を自由にしてくれるものでさえあると知った。

医師の登場もその後の展開も、彼に対する、わたしの依存心の顕《あらわ》れに過ぎないのだと思うことにした。そういうふうに思っているかぎりは、夢を夢として放置することができる。

部屋を出て階段を下りた。洗面所の鏡には、鬼の徴《しるし》の二本のつのが、今朝もまたはっきりと映っている。

錯覚だ。わたしの心はすこし病んでいる。それだけのことだ。

「理恵《りえ》さん、けさはご機嫌ね」

食事のとき、母が云った。ご機嫌なのは、わたしをさん付けで呼ぶ母のほう。いつもわたしに自分を重ねる。自分が上機嫌ならわたしも同じと信じて容赦なく陽気、自分が苛立っていればこちらもそうと思い込み、なにが不満なのかと詰問《きつもん》してくる。なにも、と答えても信じてくれない。

母の前で、わたしは二倍の感情をまとわねばならない。おかあさん。ここに坐っているのは鏡ですよ。

兄が部屋から出てきて、廊下を歩き、トイレのドアを開け閉めする音がした。しばらくするとダイニングに入ってきた。

「いいにおいがする。おれも食ってから寝ようかな」

「修《おさむ》、飲んでるのか」

父が問う。見返すと、兄は眼のまわりを赤らめていた。

「寝酒が長引いた。ちょっと食べたら寝るよ」

「なにもないわよ」

と母が云いながら、新しい茶碗を手にして、炊飯器を開く。

「きのうはいなげ屋が休みだったから。きょうは買いものに行かないと」

「飯と味噌汁でいいよ」

「卵だったら焼くけど」

「いや、味噌汁だけでいい。理恵、早いな」

椅子の上に置いてあった新聞を取り、拡げながらそこに坐った。酒気がにおった。

テレビ欄を見て、

「またT2か。同じのばっかり繰り返す」

「部屋でいつもなにを飲んでるんだ」

「焼酎」

「どうやって」

「そのままだよ」

「胃を荒らすぞ」

「そんなひどいのは飲まないよ」

「一本いくら」

さり気なく会話に交じったつもりだったが、兄がことさら視線を返してきたので、部屋に出入りしていることを見透《みす》かされたと思った。

「まえ裏に出してたでしょ、罎《びん》。あれいくらするの」

「先週か」

うなずいた。本当は罎など目に留めてもいない。

「あれは安物。千円くらい」

なにかに納得したようなそぶりで、うなずいた。

「安いからって理恵は飲まないのよ」

母が口を挟む。笑わせようとしているのだ。だから笑った。

すでに食事を終えている父が、席を立ちながら、

「修、あまりおかしな時間にギター弾くんじゃない」

と次の小言をきり出した。挨拶代わりになにか云っておきたいのだろう。

「隣は受験生だから、寝てても起きてても苦情が来るぞ」

「気をつける」

と兄は受け流し、ややあって、

「受験生？」

と顔をあげた。

「小学生だったろ」

「どこかを狙ってるらしいわよ」

母が答えて、兄の前におつけの椀を置いた。

「どこを」

「落ちるかもしれないのに教えないわよ。附属の中学があるんだから一流のどこかでしょう」

受験の話はわたしも初耳だった。あまり賢げな子には見えない。ずっと幼い頃から、分厚い遠視用の眼鏡をかけて、云いつけられた用事を忘れたみたいに、ぼさっと佇んでいることの多い子だった。

「案外、できるらしいわよ。政治に興味があるんですって」

「頼もしいね。おれの老後は安心だ」

*

兄の浪人生活は、いつしか夜のアルバイトを中心とした生活に変わり、それはだらだらと三年続いて、けっきょくなんの実も結ばなかった。

オウナーが店をたたむつもりでいたことを、彼は知らされていなかった。職場は不意になくなり、アルバイトの彼に手当はむろんなく、べつの店の紹介も受けられなかった。

お人好しの兄は、調子のいい常客たちの話を真に受けていた。いずれ彼らの出資で、姉妹店を出せるつもりでいたようだ。

よほどの打撃だったようで、兄は部屋に籠もった。あまり食事をとらず、痩せた。髭を生やし放題にし、ぞろりとなった髪を切りにも行かなかった。廊下ですれ違うたび、ぞっとしたものだ。あの迷惑だった叔父のようになってしまうのではないかと、母はとても不安がっていた。

しかし兄は、本質的に健康な魂の持ち主だった。部屋のなかで彼は、受験勉強を再開していた。次の春、一流とは云えない大学にだが、合格した。いま福祉学科の二年生だ。

＊

母に聞こえないようわたしは云った。

「いいんじゃないの」

「ああ下手じゃあ、雑音だよな」

父が部屋からいなくなったあとで、兄がつぶやいた。

「夜のギターは控えるか」

3

混んだ電車の、ドア前の一角を狙って、わざと行列の最後尾から乗り込もうとしていた。後ろから肩をつかまれた。

駅員だと思った。寸前、背後に制服を見ていた。なにかを咎められたのだと思い込み、表情を固めて振り返った。福本彩夏《ふくもとあやか》の顔があり、

「気づかないから」

と笑った。

彩夏の利用駅はもっと手前だ。車内から手でも振ったのだろう。わたしが気づかないので、いったん降りてきたのだ。

教室で席がとなりの彼女には、否応なく知られてしまったが、眼がよく見えていないことを、学校ではあまり人に教えていない。これは両親の意向でもある。

教師に知れたが最後、生徒資格を失いかねないと、彼らは云うのだ。なるほど、黒板の文字が見えていない以上、設備が整った学校への転校を勧められるかもしれない。いったん生徒としての籍を失ったら、視力が回復したからといっても、ふたたび教室に机を用意されはしないだろう。

まるきり見えないわけではない。平然と過ごしていることだと決めている。そのうち厭でも見えるようになる。

今は、きっとわたしは世の中を見たくないのだ。あるいは自分を。

「いつもわたしより遅いよね。どうした？」

「兄のギターに起こされた。いま昼夜が逆転してるみたい」

「ギター弾くんだ」

最後尾に立っていたつもりが、列はたちまち背後に延びていた。後ろの乗客が、腰に鞄を押しつけてきた。驚いて、前の女性客に身を寄せた。

わたしたちはドアとドアの中間の、もっとも混んだ空間で身動きを失った。

「ギター弾くんだ。かっこいい」

「かっこいい人が弾けばね」

「左右田さんのお兄さんはかっこいいでしょう」

「見てから云って」

「見たよ」

「え。いつ」

「四月。車で学校に迎えにきてたでしょ」

云われてみれば、そんなこともあった。クラシック・コンサートの券を、期待含みで二枚注文してしまったのか、注文のあと約束していた相手に逃げられたのか、けっきょく一枚がわたしのところに廻ってきたのだ。

＊

春の晩、わたしは兄と並んで室内楽を聴きました。

ハイドンにモーツァルト、シューベルト、大バッハ。

＊

「美貌の看護婦、謎に満ちた変死だって」

彩夏の視線はそっぽを向いている。週刊誌の吊り広告を読んでいるのだ。

「小平《こだいら》だよ。近い」

「名前出てる？」

とわたしは訊ねた。

「出てない」

「ほかになにか載ってる？」

「なにも。読んだのが全部だよ。美貌の看護婦、謎に満ちた変死、かっこ東京都小平市。あ、斜め下のが殺された人かな。どこが美貌の看護婦だよ。写りがわるいのか」

「どんな人」

「細い。というか痩せぎす。三十くらいかな」

関口《せきぐち》くん、と呼ばれていた看護婦だろう。

やはり死んでいた。小此木先生に殺されたのだ。

「ねえ、わたし」

と彩夏に云いかけて、いったん迷った。しかし電車が速度を弛めはじめるまでには、気持ちを固めていた。

「ちょっと病院に行ってみたいから、ここで電車降りるよ」

「具合わるい？」

「そうじゃなくて、わたし、その看護婦を知ってる。殺した人も」

「本当？　本当？　だれ」

「いつか話す」

彩夏は声を低めて、

「犯人、病院にいるの」

駅の名がアナウンスされた。電車が停まり、ドアが開いて、混雑が弛んだ。

「また」

と告げてプラットフォームに降りていった。彩夏もついてきた。

「来てもしょうがないと思うよ」

彩夏はうなずいた。あごの両端の線が、彼女は直線的で美しい。

彼女は車内に戻ろうとしない。その薄い肩のむこうでドアが閉じる。

＊

額のつのは、見える者には見える、他人を殺《あや》めた徴だという。芥川が教えてくれた。芥川にもあった。幼い夏の日、彼は母親を溺死させた。鏡のなかのわたしがそれを生やしているのは、四年前、迷惑な叔父を匪《ひ》ノ岬《みさき》の断崖から突き落としたからだ。

＊

「おじさん」

声をかけると、叔父はゆるりとこちらを見返した。無精髭に被《おお》われた頰。現実と幻想が入り乱れて映りこんだ眼。重い波音。ざらついた曇天《どんてん》。

「さよなら」

わたしは両の腕をかごめて、地面を蹴る。

＊

小此木先生の額にも、しばらく前から見えている。みずからがつのを有している者には、他人のつのも見えやすいのだろう。芥川はわたしを見出した。わたしも、いろいろな人の額に見てきた。

先生の犯罪を糾弾する気などなかった。そんなことにわたしは興味はない。今なら先生にも、わたしのつのが見えるだろう。そうと認めさせるためには、まずは彼のつのの存在を、わたしのほうから指摘することだと感じていた。

そうして、おたがいに鬼であることを認めさせ……認めさせて、どうする？

芥川の代役を、わたしは先生に求めているのかしら。芥川とはどういう存在だったのかも、よくわからずにいるというのに。

芥川要。享年十七。羅刹国のわたしを目覚めさせておいて、自分はあっさりと逝ってしまった、痩せっぽちの偏執狂。ぎょろついた眼に、耳障《みみざわ》りな声。

ただ、これだけは云えよう。わたしはとても長いあいだ、彼に会いたがっていた。たぶん叔父を殺してからずっと。

＊

「芥川さんのこと愛してた？」

病院に向かうバスのなか、不意に彩夏が外の景色から視線を返し、訊ねてきた。わたしは面食らって、

「考えたこともない」

芥川は、ひとつ学年が上だった。休憩時間、わたしに会いに教室を訪れていたという。わたしも応じては、廊下でふたり、なかなか睦《むつ》まじげにしていたという。

いずれも後日の、耳からの情報だ。羅刹国を訪れてしまわぬようにと、あのころは無駄な抵抗を重ねて——つまり、なんとか眠らずに生きようとして——いたから、日々の出来事を、わたしはあまり記憶していない。

「眼、あの人が死ぬのを見たショックでそうなったんじゃないの。精神的なものだと云ったよね」

「そりゃ、死ぬ場面に立ち合ってしまったのは、変にショックだったけど」

「変に?」

「変だった。と思う。心臓が弱いって話はなんとなく憶えてたから、これはきっと死んじゃうなと予想して、いまひとつ現実感を抱けないまま、一足先にあきらめてしまったような気がする。あのときわたしが必死で墨井を止めてたら、死なずに済んだのかなって、いまのほうがよく思い返すよ。すこし時間が経って、ようやくあの場面に気持ちを戻せるようになったみたい。可笑しいんだ。わたし、あのことがあった直後は、病院のベッドの上でね、芥川さんのことは

けっこう忘れてて、墨井のことばかり考えてた。そっちしか考えられなかった」

冷静に顧《かえり》みているつもりが、いつしか彩夏が望んだとおりのメロドラマを演じていることに気がついた。わたしは口をつぐんだ。間を置いて、

「病院って、こんなに早くから開いてるっけ」

と、独り言めかしてつぶやいた。病院に縁のない生活らしい。

「開いてるよ」

と教えた。彼女は窓外に視線を戻した。

＊

バスが停留所をふたつ越えたころ、彩夏はふたたび頭を寄せてきた。

「芥川さんとふたり、廊下の壁に背中つけてさ、なにを話してるのか気になって、用があって立ってるふりしてさ、盗み聞きしてたことがある」

「そう」

単純に驚き、単純に好奇心を抱いた。わたしはなにも記憶していないのだ。

「どんな話してた？」

彼女は頭を揺らして、

「なにも。ふたりとも押し黙ったままで、ただ床を見つめてた。ふしぎだったよ」

＊

殺人行為を指摘したところで、小此木先生がわたしに危害を加えることはあるまいと、確信にも近く予測していた。

わたしが先生にとって興味ぶかい患者である以上は、安全だ。探求をすべてに優先させる精神が、おとぎ噺《ばなし》のなかだけではなく現実にも存在するとすれば、彼こそ、その持ち主だろうと感じる。沙漠を見れば、あたりまえのようにその果てを目指す。

彼に、わたしは沙漠そのものなのだ。彼はわたしを必要としている。危険はない。

ロビーで、

「いきなりだと警戒されるから」

と云って彩夏に鞄を渡した。彼女は、なにやら期待感のこもった目つきで、

「もし危険を感じたら、すぐここに逃げてきて。わたし、電話持ってるし」

笑った。

「危険な相手だったら、最初から来ないよ。ちょっと話すだけだよ」

心療内科は二階にある。受付の前を素通りしてエレヴェータのボタンを押したが、表示が、

最上階からなかなか動かない。機材か動けない患者でも移動させているのだろう。

階段で上がることにし、ふり返って彩夏の姿を確かめたあと、奥に進んで廊下を折れた。彩夏は長椅子の端で頭を低めていた。マガジンラックの雑誌を物色しているようだった。

床のリノリウムの色合いだろうか、わたしの狭い視界に、ここの廊下はとても暗い場所として映る。

清掃業者たちの青緑色の制服を追い越した。

パジャマ姿で松葉杖をついた入院患者とすれ違った。

急ぎ足の看護婦とすれ違った。幽霊を見たと思い、ぎょっとなり、足が止まった。

ふり返った。看護婦も足を止めてこちらを見ていた。リノリウムに白い影が映っている。

「左右田さん」

と、わたしの苗字を思い出して呼んだ。殺されたはずの関口さんだった。

4

きょうは小此木先生、お昼からなんですけど。

はい、とわたしは反射的に云った。意味のない返事だったことに気づいて、そうですか、と追って唇を動かした。

それきりなにも云えずにいた。彼女のほうから近づいてきて、

「具合があまり？」

と誤解して話を進めた。わたしはうなずいた。

「先生に連絡とってみますか」

うなずいた。

「しばらくどこかで……あ、いいわ、一緒に二階に上がりましょう」

わたしの反応を窺いながら、エレヴェータに向かいはじめた。わたしは黙って、彼女について廊下を引き返した。

彩夏がこちらに顔を向けているのがわかった。手を小さく上げて、大丈夫と合図した。エレヴェータはいつしか一階に下りていた。扉が開いた。

「付添い？」

エレヴェータのなかから問われた。はい。答えて乗り込んだ。

小此木先生の背後に、ちらちらとしか見たことがなかった彼女を、初めて間近にした。わたしよりも背が低かった。顔には吹出物が目立つが、肌全体に張りがある。どうも思っていたより若い。声が低いことと、髪型がよく似合っていないことが、実際より老けた印象を形づくっているようだ。

「しばらく休まれてましたか」
こちらを向いて、
「過労で倒れちゃって。もう大丈夫」
と微笑した。

＊

初めてこの心療内科の前に連れてこられたとき、ここは小児科ではないかと思った。いくつかの観葉植物の鉢を境に、廊下が突然、柔らかく明るい色調に満ちる。

種を明かせば、長椅子の色が甘いピンクになり、床がベージュのカーペットになり、壁に緑《りょく》野《や》が描かれた組みのリトグラフが並んでいるというだけなのだが、そこに至るまでの道程が暗く辛気《しんき》くさいので、不意に建物から脱したような錯覚が生じる。

いざそのなかに身を置いてみれば、それまでの廊下と同じ消毒臭が満ちているのがわかって、落胆させられるのだが。

ピンクの長椅子の上で、診察室に入っていった関口さんを待っていた。彼女はそのとなりのドアから顔を出した。

「先生とお話しください」

部屋に入った。灰色をした事務用の机と棚が並んでいるばかりの、小部屋だった。本当に小さな部屋だった。机のひとつに、電話機と、そこから外した受話器とが載っていた。関口が椅子を引いてくれた。冷えた合皮に腰を落とした。

受話器を手に、関口さんを見返した。彼女はうなずいて部屋から出ていった。

＊

窓硝子は白っぽく汚れている。汚れごしに中庭の緑が見える。

窓の手前に小さな流し台がある。水垢《みずあか》の斑紋が浮いたステンレスに、瑠璃《るり》色がかった夏空が映っている。

蛇口の先端に、水がまるく盛り上がっている。じわじわと膨らんでいく。なぜこう明瞭に見えるのだろうとふしぎに思った瞬間、またぜんぶぼやけて、見えなくなった。

＊

「どうしました」

と小此木先生は簡明に訊ね、意地悪くそれきりまったく無言になって、わたしの返答を待った。背景の雑音が、ぷつぷつと途切れる。関口さんは携帯電話に連絡をとってくれたようだ。

どう話しかけるかは、外の長椅子の上で練ってあった。

「先生の」

と切り出した。きりだしたが、躊躇《ちゅうちょ》して、厭な間が空いた。

「額に最近、つのが見えます。だれを殺しましたか」

云うには云えたが、ロボットのような義務的な調子になった。

ぷつぷつと、空気は途切れ続けた。

「やはりね」

観念した口調に聞こえた。だがドアの外にいるのが幽霊ではないとすれば、彼が殺したのは関口さんではない。

「だれも殺してなどいないよ、あなたのおっしゃるような意味では」

「直接は手をくだしていないということですか」

「人に頼みもしてない。そういう小細工をしたこともない。人を殺そうと思ったことは、ないよ」

「でも本当に見えます、先生が鬼に」

「信じますよ。嘘ではないんだろう」

「ちょうど関口さんの姿が見当たらなくなっていたから、ずっと、殺されたのは彼女だと思っていました」

　失笑。

「いま車でね、外を走っていて、そこからはまだだいぶ遠い場所にいます。だけどそちらに向かっている。すこし混んでいるが、遅くとも十一時までには通りかかるでしょう。直接、話しますか」

「はい、待ちます」

「出勤前にひとつ用事があるから、この車で拾って、つき合ってもらうかたちになりますが」

「ロビーに友達もいます」

「そうか。あなたが構わないならご一緒に。ぼくは構わない」

「構いません」

「最近、夢は?」

「羅刹国のですか。だったら、いまは先生もむこうに」

「なるほど。そういう判決か」

「わたしが送り込んだとでも?」

　電波状態が悪化し、返答は聞き取れなかった。通話はそうして途絶えた。

*

ロビーに戻り、彩夏のとなりに坐り、

「十一時までに来るって」

と報告した。

「医者？」

うなずいた。彼女は携帯電話のディスプレイで時刻を確認し、

「だいぶあるね。いいよ、待つよ」

と云って、また膝の上の雑誌に視線を落とした。

さっき一緒にエレヴェータに乗り込んだのが、殺されたと思っていた看護婦だとは、ばつが悪くて告白できそうになかった。鞄を引き寄せて椅子を立った。

「表で、たばこ喫ってくるよ」

彩夏は、あきれたといったふうに首を傾げた。

外の空気は、すっかり熱くなっていた。バス停まで出て、だれもいないベンチに坐った。鞄を開いた。

鞄に入っていたのはセーラム・ライトだった。べつになんでもいいのだ。だから、何を持っ

ているかもすぐに忘れてしまう。

火をつけてから、さきににおいを嗅ぐのを忘れたと思った。バスが近づいてきて速度を弛めたが、わたしが立ち上がらないので素通りしていった。原宿の、そしてアダルト・サイトの白人女とは、いずれまたどこかでばったり出会うような予感がある。

一本喫い終わる前に、彩夏も通りに出てきた。となりに坐った。

「喫ってみる?」

「いらない。美味しい?」

「べつに。そのうち飽きてやめると思う」

「なんで医者が犯人だってわかったの」

「なんとなく」

「証拠はないんだ」

「本当はある。でもわたしにしか見えないから」

説明したくないので、つっけんどんに云った。彩夏はため息をついた。

新しいたばこを箱から抜いて、

「ちゃんと薄荷《はっか》のにおいがするんだよ。火はつけずに、においだけ」

と云って渡した。彩夏は、あの白人女にそっくりのしぐさでそれを嗅いだ。

「ほんとだ」

バスが来て、また速度を弛め、また通過していった。排ガスのにおいは、たばこの煙のそれよりずっと強い。日射しが黄色い。

「左右田さんさ、自分のこと特別だと思ってる?」

答えられなかった。

「もし思ってたら、むかつく?」

「わたしもそうかなと感じてるから、それほどは。でも、あまり人には云わないほうがいいかも」

「優劣で云えば、わたしたちのほうが遙かに下なんだよ」

「わたしたちって、芥川さんと?」

「芥川もそうだった。そりゃあ特別かって云われたら、数が少ないほうが特別ってことになるんだろうけど」

「少ないと、それだけで価値が生じるから」

かぶりを振った。

「価値なんか何もない。いいや。ここまでつき合ってくれた御礼に教えてあげるよ。わたしと芥川の共通点はね、ふたりとも人殺しだってこと。どっちも昔の話だけどね。だから、自分の同類は嗅ぎ分けられる。それだけの話」

彩夏は黙りこんだ。しばらく黙って並んで、車の流れを見ていた。

*

十時半をすこし廻ったところで、小此木先生はロビーに入ってきた。ポロシャツ姿だった。色もサイズも、どうも身に合っていない、中途半端な代物だ。私服には頓着しない性分らしい。

わたしは立ち上がり、近づいてくる顔をまじまじと見つめた。額には、つのがあった。見える。それを確認しただけで、なんとなく目的を果たしてしまったような気がした。

「車にどうぞ」

と彼は云い、彩夏に軽く頭をさげた。

「どこに行くんですか」

「ちょっと、このさきの……行けばわかるよ。またここまで送る。どうせぼくは出勤だ」

追従してロビーを出た。

ロータリーに停められていたのは、白い、変哲もない国産車だった。

「助手席にどうぞ」

とわたしに云って、車の反対側に廻っていく。彩夏は後ろに乗り込んだ。わたしも乗った。

運転席に入ってきてシートベルトを締めながら、

「見える?」

つののことだとわかったので、

「見えます。きっと触れられると思います、わたしには」

と答えた。車が動きはじめた。

「いつから？」

「退院したあとの、最初の診察」

「なるほど。関口くんはもう休んでた。ね、後ろの人」

「はい」

と彩夏がだるそうに応じる。

「これはカウンセリングです。左右田さんや他の方のプライヴァシーに抵触するだろうし、暗《あん》喩《ゆ》としての過激な言葉も頻出します。ゆえに他言は好ましくない。わかりますね？」

「はい」

「カウンセリングなら、お金払わなきゃ」

わたしは云って、いまのは母の冗談に似ていると思った。わたしは、母に似ている。

「非科学的……いや未科学的というべきかな、まだ科学で検証されていない領域の話になるよ。ぼくはようやく、左右田さんには特別な力があるらしいと気づいた。具体的に云うと、人の罪の意識を、具象として見ることができる力。そしてその力は自分自身にも働く」

「同類を見分けてるだけです」

「ところが、ぼくは同類じゃない。人を殺した経験もなければ、そういう意識もない。ただし、罪の意識はある。心療内科医といっても医者だからね、もし、あの患者にもっと違ったふうに接していたら、命を助けられたんじゃないかと、過去を悔やむことがないではない。きみに見えるのはそれじゃないのかな」

「同じことじゃないんですか」

「説明する」

わたしは彼の横顔を見つめた。説明より、むしろ運転に意識を集中させているように見えた。欺瞞《ぎまん》の気配はなかった。

「見抜かれたのはこれだろうと思える過去が、ぼくにはある。関口くんの弟さんは、ぼくの患者だった。神経が衰弱していた。中庭があるよね、病院に」

「はい」

「病状の深刻さを、ぼくは見誤っていた。あの中庭に、彼は飛び降りて死んだ。ぼくの診察を受けて、姉に目で挨拶をし、一階で薬を受け取って、それからエレヴェータで屋上にあがって、フェンスによじ登って飛び降りた。診察室を出ていって、わずか十分後だった。彼が別れの挨拶に来たんだということに、ぼくも関口くんも気づかなかった。去年の話だよ。それまで関口くんは、あんなに痩せてはいなかった。あの中庭だ。病院を替わらせてやりたい気持ちはあるが、自分を知らない人達のなかで働くのは怖いと彼女が云う。彼女はいま、ぼくの患者でもあるんだ」

＊

車は霊園の駐車場に停まった。道順に覚えがあったし、行けばわかると云われていたので、予想はできていた。後部座席をふり返り、彩夏に、

「芥川」

と教えた。彼女は目を見張り、それから納得してうなずいた。

広い駐車場ではなかった。敷地の一面に公衆便所らしき建物と何台かの自動販売機、それからびっしりと葉をつけた藤棚が並んでいた。色合いからして花もまだ残っているようだ。

その下の日陰から、ふたつの人影が揺らぎ出てくるのを見た。車に近づいてきた。

品のいい歩き方の男女だった。若くはない。先生と会釈を交わした。

「話してみるかい」

先生がわたしに云った。

「芥川くんのご両親だよ」

反射的に、女性の顔を正視した。細かな造作までわかる距離ではないが、色白で、ふくよかな顔立ちだ。

「ぼくも久しぶりに会う。あなたを看ていることもあり、改めて連絡をとってみた。こういう機でもないと、墓参なんてなかなか実現しないからね、きょうが、約束したその日だった。女性、芥川くんのお母さんだよ。じつの母親。確認してある。芥川くんとの仲間意識が、あなたの救いになるならと思って、云わずにきた。いずれ彼の口から告白されるだろうとも予想していたしね」

わたしは黙っていた。手が勝手に震えはじめた。

「彼は母親を殺してなんかいない。殺意を抱いたことは度々あったようだ。彼の口からそう聞いた。あなたが芥川くんに見ていたのは、彼の過去ではなく、その罪の意識なんだ」

先生は話を休み、深く息をした。シートベルトを外した。

「話してみる?」

わたしは頭を振った。

「じゃあ、そこの藤棚の下ででも待ってて。参りがてら、すこし彼らと話をして――」

「トイレ」

と彩夏が遮った。先生より先にドアを開いた。

*

藤棚の下で、しばらくなにも考えられずにいた。彩夏がジュースを買ってきた。どっちを飲むかと訊ねられた。どっちもいらないと答えた。なんのジュースかもわからなかった。缶を見てもわからなかった。

空は相変わらず晴れあがり、雲の色が占める範囲はほんのわずかだった。

「もうじき、夕立」

と無意識につぶやいてから、もう夕立の季節だったと気づいた。夏なのだ。

「来るかな、きょうは」

「来るかも」

彩夏が気のない返事をする。

「でもまだ、何時間もあとだ」

「さっきね、トイレに行ったとき、左右田さんとこ電話したよ」

彼女を見返した。彼女もわたしを見ていた。

彩夏の顎の線はきれいだ。首筋も。

「なんで」

「お兄さんが出た。迎えに来るって。必要でしょ」

必要かもしれないと思って、うなずいた。彩夏は続けてなにかを云ったが、啜り泣きが邪魔をして、よく聞きとれなかった。泣いているのはわたしだ。

手の腹で、涙を拭うふりをして、指先で額のつのに触れた。こんなの、わたしひとりだ。羅刹国に帰りたかった。

「どうしたの」

と五回め。

最初の二回は、学校のなかで立て続け。路上で二回。

そしてここ。

父は説明しない。

話すのは、料理のことと学校のこと。そうでなければ、わたしが幼いころの思い出を脈絡なくきりだしては、みずからうわの空になり、途切らせた。

「うまいか」

わたしはうなずく。

「ニセコのホテルでも飲んだな」

「そうだっけ」

今度は、北海道のスキー旅行の話だ。

兄は中学生で、家族にまだ叔父はいなかった。

ニセコアンヌプリ。

パウダースノウ。ヴィシソワーズ。

「夏のスープとは限らないんだね」

「どうかな。あそこは暖房が」

父はスプーンを口に運び、話題はまた立ち消えた。

学校に迎えにきた。

まだ授業のうちにやって来て、担任教師を通じてわたしに来訪を伝えるという、武骨きわまりない出迎えだった。

父ひとりでどこかにわたしを迎えにくるということ自体、初めてだったのではないか。あったただろうか？　仕事人間。

——会社は？

と訊くと、

——早引けできた。

と答えた。

——だから、理恵《りえ》とゆっくり飯でも食べようと思って。

父の態度は朝より陽気だった。

しかし心がそこにないのはわかった。

構えばかりは学校がえりに見慣れた、その野暮《やぼ》ったい名も歴史ありげなレストランは、入ってみると意外に狭く、天井は低く、壁のいたるところに時代がかった油絵が飾られていた。上に頭をぶつけそうな、急な階段。三階の席に通された。

入りやすい構えとはいえないこの店を、父が迷わず選んだことも、わたしには驚きだった。

入ったことがあったのと尋ねると、

――若いころ。

と答えた。

――何回かね。いや、二回だけか。

三階に、他の客は一組もいない。

夕食どきというには、まだ微妙に早い時刻だ。素気《そつけ》ない装いのウェイトレスがひとり、いくらか離れた位置に起立して、わざとテーブルから視線を逸らせている。

わたしたちの言葉のひとつひとつが、低い天井に反響した。

特別な話題などなにもないのに、つい声をひそめがちになる。

「夏休みはいつから」

「学校は、今週いっぱい」

「試験はもう終わったのか」

「終わったよ」

「不自由じゃなかったか」

「眼？」

「ああ」

「近くは見えるから、普通の授業より楽」

「そうか」

スープから次の料理まで、すこし時間が空いた。わたしは尿意をもよおしてテーブルを離れた。

トイレは二階にあった。

ドアの手前に鏡があった。

意識して覗きこまないかぎり、自分の姿が見えるということはない。狭窄なるこの視野は、見方によっては、芥川の別れの贈りものともいえる。

貯水タンクの上の、小さな額縁が気になった。顔を近づけて眺めた。

いっそう小さなアブストラクトが、その中央にあった。どういう都合で飾られているのかわからないが、店にある他の画とは対極の画風で、またずっと新しい。

サインの下の日付を読むと、震災の年の作だった。

「きょう、ほんとにどうしたの。会社、早引けしてよかったの」

座席につき、六度めの同じ質問をしながら、同時に、直感から回答を得ていた。

六度めの正直では、直感だなんてとてもいえないが。

父のウィンナ・シュニッツェルが来た。

「つついてみるか」

と父が皿を寄せてきた。

洋風に、まだら気味に揚げたカツレツの上に、チーズとケイパーが載っている。印象はわるくなかったが、頭を振って断った。

「さきどうぞ」

「思いだしたよ。むかし来たときも、これを頼んだんだ。ウィンナ・シュニッツェルがどういう料理か知らずに注文したのだった。これが出てきた。旨いものがあるものだと感心して、翌週、また来て同じものを頼んだが、最初の感激には遠く及ばなかった。きょうはどうだろう」

「じゃあ、それしか食べてないんだ」

「いろいろ食べたような気がしていた。人の記憶はあてにならない」

「会社、辞めたの」

わたしからきりだすと、父はナイフを握ってそれを見つめた。

やがて、ほっとしたように作り笑いをゆるめた。

「辞めたわけじゃない。もう来なくていいといわれた」

「なぜ」

「お父さん一人じゃないよ。籤《くじ》引きのようなもんだ。経営がもう破綻していた」

商品管理、と父の仕事のことは聞いてきた。

「店舗が減るの」

「地方はね。東京も、中身はだいぶ変わるだろう。もうデパートの時代じゃないらしい」

「お母さんには」

「電話でいったよ」

「次の仕事って」

「関連に口がないか、いちおう当たってもらうよう、頼んでおいた」

「ありそう?」

「いちおう、当たってくれるらしい」

「そう」

わたしの鱸《すずき》はまだ来ない。

そうしてその夜、二週間ぶりに羅刹《らせつ》国の夢をみた。

続々羅刹国

――夜の章――

みるときは居眠りごとの連続夢。みなくなるというと、はたりと遠ざかる。

二週間は長いブランクではない。

わたしは同じキャラヴァンにいる。

草一本ない平原を歩き続けている。物語はうつくしく連続している。

1

霧雨はやんでいた。

雲も薄れて、地面はふたたび乾燥しつつある。

地面からわきあがる湯気が、景色を歪ませている。

乾ききらぬ小石が、砂が、ぎらぎらと眼を射る。

年若い鬼が見つけた枯草を手に、小此木《おこのぎ》が高らかに発した、ほどなくわれわれは緑深い沃野《よくや》に達するのだという予言から、景色はあきらかに遠ざかりつつあった。

あの枯草はなんだったのだろう。

なにかの予兆なり象徴であったのは間違いない。

しかし小此木がいったような、やがて枯草の数が増え、それが緑に色づいて地面を被《おお》い、木陰に満ちた沃野へとつながっていくのだ、といった、単純なきざしではなかったことになる。

わたしは失望していた。他の鬼たちも、同様だろう。

はなから絶望的な気分でこの異界をさまよっていたくせ、あの枯草に、わたしたちは希望を寄せてしまったのだ。灼熱からも、餓《う》えや共食いからも解放された自分の、まぼろしを見てしまった。

知らなければよかった。

失望は、裏腹の、次なる希望を生み続ける。

もうすこしだけ歩き続ければ、またべつの植物を目にできるのではないかという楽観を、いつしか自分が抱えこんでいることに、吸いこんだ空気の熱さによって気づかされる。

沙漠はゆるやかに起伏している。

ときには長らく、遠くを見渡せないまま歩き続けねばならない。虚空をめざして、ゆるい斜面を、じりじりと這うように上がっていくのである。

束の間の希望。

ふたたび視野が開けると、また失望に転じる。

だが、薄れつつあるとはいえ、空にはまだ雲があった。

わたしたちはまだ干涸《から》びきってはいない。歩き続けることができる。

歩き続けねばならない。

峡谷《きょうこく》地帯が基本的に、熱気、熱砂、濁流といった抽象《アブストラクト》で成り立っていたのは、あの地が、忘却に接するほど遠い過去を映していたからで、では、雲や霧雨や枯草のあるこの沙漠は、記憶の残骸にくらいは触れられる程度の、近過去を反映しているのだわと、わたしは夢のなかで考えていた。歩きながら考えていた。

明瞭な時間も距離もないこの世界での、そういった象徴の読み取り方に、わたしは慣れはじめている。

ともに歩んでいる鬼たちも、きっと、なにかの象徴なのだ。

彼らがすでに一桁にまで数を減らしてしまっていることも、彼らの顔や個性を、わたしが憶えられずにいることも。

姿を見ているあいだは、そういえばこういう道連れもいた、と意識しているのに、目を離したとたん、わたしのなかから消え失せ、性別すらわからなくなってしまう。

失せないのは、小此木と、最初に枯草を発見した少年くらいのものだ。

ふたりともまだ生きている。旅立ちのころの見る影もなく憔悴《しょうすい》して、姿全体、変わりはてているが、小此木の足取りはまだ確かだ。

少年のほうはだいぶ怪しい。次に欠けるのは彼かもしれない。

少年の姿を求めて後ろをふり返ると、もう、姿もおぼろなほど遠ざかっていた。

目の届くところで事切れるより、このまま遠ざかり消え失せてくれないものかと、願った。

うなだれて近づいてくる小此木の姿が、少年を隠す。

「立ち止まるな。足が動かなくなるぞ」

近づきながら、わたしの足許に向けていった。

ああ、と掠《かす》れ声で返事をする。

わたしも、ずいぶん痩せこけてしまった。宙に浮かんでいるような気さえし、鉄の杖はいっそう重い。

しかし、まだ立ち止まってはいなかった。ふり返っていただけだ。

「餓鬼《がき》が気になるか」

こちらの世界の小此木は、鬼相応に荒くれた形相をして、粗野な言葉づかいも辞さない。ときに空恐ろしいが、むこうの小此木より話しやすい。

「むかし、あの子に会ってる」

と、頭にうかんだままを口にすると、まさしくその通りであるという気がしてきた。

小此木のような、芥川《あくたがわ》のような、むこうの世界で見知った人間の、変奏だろうか。

だれ？

立ち止まり、待ってみる価値はあるだろうか。問いただす価値が。

「そりゃ、そうだろう。おれだってきみに、あらかじめ会っていた。むこうの世界で」

小此木は返して、高揚しかけていたわたしの気分をそいだ。

そうか、小此木もわかっているのだ。むこうの世界では、わたしが自分の患者だということ。だからわたしに対して命令的になりがちだし、わたしのほうにも患者の意識があるから、けっきょくそれに従ってしまう。

それほど、この世界が細やかな、むこうの世界の映し絵だということか。

個性をおぼえられない他の鬼たちも、むこうでわたしが接したり眺めたことのある、だれかなのだろう。わたしと無関係ではないが、記憶に残るほどでもない人たち。

わたしは小此木に従い、少年を待つことはしなかった。

小此木はわたしに並んで、耳の壊れた左側から話しかけてきた。

わたしは苛立って、

「聞こえない」

と怒った。彼はわたしの背後を通って、右に移動した。

「ここは羅刹国なんだろう」

といった。

「なにを今さら」

吐きすてたが、小此木は、視線を地面へと落としたまま、

「なのに、ただこうして羅の集まりが、なにもない沙漠を歩んでいるばかりだ」

「あんたがそうしようといった」

「いや」

「みなを煽《あお》った。忘れたのか」

「憶えているが、しようとしているのはそういう話ではない。羅と刹との拮抗によって成り立っているはずの世界に、羅しか存在していない今の状態が、みょうに不安なだけだ」

「刹はたくさんいたよ、峡谷に」

「おれは会ったことがない」

わたしは驚いて、

「峡谷の、日陰という日陰にいた。いや、半分は羅だ。半分が刹。あんたも同じ峡谷にいたんだろう」

「いたが、刹を名乗る者になど会ったことがないね。尋ねたことがないから、わからずにきたのかもしれない」

「嘘をつけ」

「嘘であるものか。生身の刹には、一度も会ったことがない」

「ではなぜ刹の存在を知っている。ここが羅刹国だとなぜ知っている」

落ちくぼんだ眼窩《がんか》で、目玉が返った。

「きみから教わった」

わたしは愕然として、彼を見返した。

「忘れたのか」

頭を振った。愕然としたのは、それが事実であることを思いだしたからだ。

「そうして、おれはこの世界の真理を悟ったんだよ。二項対立。それ以前のおれは、ただ混沌のなかで苦しんでいた」

わたしが教えた。わたしが小此木に、羅刹の別を教えた！

では、この羅の集団そのものに対しても……


追憶の触手が夢の底を這いまわる。

羅刹国にいるわたしの、今と過去とがつながり、整合していく。

……そうだった。集団はもともと、なにも知らなかったのだ。

そこにわたしが来た。

わたしは集団のなかの強者たちを見きわめ、この世界が羅刹の葛藤で成り立っていることを教えた。どちらかを選べと迫った。

彼らはわたしに雷同《らいどう》し、他は彼らに雷同した。

わたしに羅刹の別を教えたのは芥川だが、彼からそれを教わる以前のわたしもまた、自分が何者であるかを知らなかった。興味もなかった。

漠然と、自分は鬼か亡者のたぐいらしいと感じながら、それ以上の認識を得ようとする気力もなく、ただ峡谷をさまよっていたのだ。

芥川の弁に、わたしはしなやかな説得力を感じた。

新しい概念を授けられたというよりも、まるであの嗄《しゃが》れ声によって、記憶の奥底をほじり返されたようだった。

わたしは彼の言葉という言葉をまる呑みした。信じてきた。

小此木が口にした「事実」は、わたしを激しく動揺させていた。

芥川の言動を除いて、わたしに羅刹の別を確証させるようなできごとが、ひとつでもあっただろうか？　むこうの世界に、こちらの世界に。

わたしたちは、本当に羅刹に分かれているのか？

小此木の顔を見た。

瘦《こ》けて、険《けわ》しく、いっそう鋭い。この男もまた、底知れない。

この男の心に、わたしは恐ろしい概念を植えつけてしまったのではないだろうか。欲望のまま、本能のままの行動を、理性のなかで正当化する方便を。

動揺の根底には、ほかならぬわたし自身、自分の行動を正当化してきたという……自省があった。

峡谷でのサヴァイヴァル――生き延びるための殺戮は、たぶん、プライドによって正当化されていた。わたしは羅の戦士である、という。

杖で叩き殺した弱者の屍《しかばね》を見おろすたび、これがもし刹なら、わたしはこの世界の理《ことわり》どおり行動したに過ぎないし、羅だとしたら、とても刹との争いには耐ええない役立たずが消えただけだと、自分にいって聞かせていた。いずれにしても、わたしと出会い、殺され、わたしを存《なが》えさせるのが、この者の宿命だったのだと。

だが、もし羅刹の別が、芥川の妄想だとしたら。

芥川は嘘つきだ。

信用できない。

彼の言葉のひとつひとつを、今は検証してみる必要がある。

いや、検証しないほうがいい。あれらをまる呑みしたことが、わたしをここまで存えさせたのは事実だ。

彼はわたしに知恵を与えたのだ。この世界でのふんべつを。

ここに羅刹の別がないとしたら、そうとわかってしまったら、わたしはまた混沌のなかに戻らねばならない。

小此木がいうように、夜もない、星もない、この世界を思考するための基準は、羅刹の二元論しかないのだ。

わからなくなってきた。わたしは芥川を盲信するべきか？

そのすべてを疑うべきか？

「立ち止まるな」

小此木の叱咤に驚き、杖を前に出し、止まりかけていた足を引きずる。

彼はいった。

「経験や認識のずれを気に病むことはない。向こうとは違うんだ。ここには夜がない。たしかな時の流れがない。ならばこの世界では、流れでていくべき未来を持てない時間が、あちこちに澱《よど》んで、でたらめに渦巻いているんだろう。気に病むな。今は前に進め」

奇妙な方向に話を先読みしているのが、いささか滑稽だったが、異常な世界で正常に思考することは異常なのだという、彼のいさぎよい割りきりは、小気味よかった。

わたしはうなずいた。

疲れはてた右手から、左へと杖を持ちかえ、地面のぎらつきを睨んだ。

狂った世界では、狂った叡知《えいち》や狂った道標ほど、有用なのだ。

ああ、と小此木がため息のような声をだした。

彼の視線をたどった。彼がこれまで話しながら、先んじて進んでいる者たちを観察し続けていたのだとわかった。

影のひとつが、縮んでいた。倒れている。

わたしは後ろをふり返った。少年の影はいっそう遠ざかっていたが、まだ消え去ってはいなかった。次に欠けるのは、少年ではなかった。

「もう起きあがれまい。食事の時間だ」

小此木は断言し、わたしから遠ざかりながら、不明瞭に独り言《ご》ちた。

「いったいどこまで進めるかな、おれは」

と、それは聞こえた。

2

覚醒し、顔をあげ、パジャマ姿で机に伏せていたことに気づいた。

頭から血の気がひいた。しばらく身じろぎできなかった。

眠りに入ったときは、間違いなくベッドのなかだった。

羽根枕の上で、むかし家にいた犬のことを考えながら寝入ったのだ。わたしを見上げる、ふたつの黒い眼。

夢遊病がでた。

羅刹国の夢をみはじめたころ、眠ったまま、冷蔵庫の中身を手当たりしだいに貪《むさぼ》っていたことがある。知らずと病院で暴れていたこともある。

また、それが起きた。

しかしベッドから机までの距離だ。寝惚け、の域のことともいえた。

悪化していない、わたしは大丈夫だ、と自分にいって聞かせて、身を起こした。

夢で、気が休まっていないせいか、頭のなかのあちこちが痛んだ。

机の時計は六時四十分を指していた。まだ時間がある。

しばらくベッドに横たわっていようと、椅子から立った。右手から鉛筆が落ちた。布の筆入れが、同じく絨緞《じゅうたん》の上に落ちていた。口のファスナーが開いている。

鞄から出したという記憶はなかった。すくなくとも、覚醒しているあいだには。

頭のなかは眠ったままで、わたしはなにかを書こうとしたようだ。

記録？　羅刹国のことでも？

考えようとすると、頭痛が増した。学校は休もう。

食欲もなかったが、それらのことを宣言するためだけに、部屋を出た。

階段を下りた。

ダイニングは無人だった。休日だったか、と勘違いしかけた。

コップに水を汲んで飲んでいると、母が起きてきた。

「もう起きてた。なにか食べる？」

と廊下からわたしにいった。わたしは頭を揺らして、

「頭痛がする。休む」

「でもきょう、病院の日じゃないの」

そうだった。薬が、もうない。

「じゃあ病院だけ、午後から」

母はうなずき、ダイニングには入ってこなかった。トイレのドアを開閉する音が聞こえた。

父は会社をクビになったのだと思いだした。もう出社の必要はないのだろうか。

コップの水の残りを捨てた。母がトイレから出てくるのを待った。

出てきた。

「お父さんは」

母は起伏を抑えた声で、

「二、三日、休みだって」

「そう」

母が寝室に去るのを待って、ダイニングを出た。

兄の部屋のドアを叩いた。

はい、と返事があった。起きていた。もう、ではなく、まだ、だろう。

部屋に入った。兄はパソコンに向かっていた。

「メール。ちょっと待ってろ」

といい、キイを打ち続けた。わたしは待った。

打ち終わり、マウスを操作してから、

「送った。いいよ」

椅子を廻してこちらを向いた。

「だれに？」

「だれでもいいだろ」

「いいけど」

「茅島《かやしま》だよ」

「徳絵《のりえ》さん？」

すっかり過去の人物だと思いこんでいた名前が出てきたので、驚いた。

会ったのは、一度だけだ。

兄はまだ浪人中で、わたしは中学生だった。

デート中の彼らと、井《い》の頭《かしら》公園で鉢合わせしたのである。雨の日だった。

一つだけ失ってしまった外套《がいとう》の釦《ボタン》を買いに、わたしは吉祥寺《きちじょうじ》に出掛けたのだった。

同じ釦は見つからなかった。比較のために切り離してきた釦とくらべて、いちばん似ていると感じたものを買った。

ところが駅に向かいつ、ポケットから二つの釦を取りだしてみると、色も違うし、厚みも質感も異なった。店内では似ていると感じたのが、自分でふしぎなほどだった。

全部を新しくするだけを買い揃えるには、所持金が足りなかった。返品するか、出直してくるか、あるいは買った釦で満足しておくか、決めかねて、迷ったまま駅のなかを素通りした。

ふたたび傘をさし、どこに行こうとするでもなく路を進んだ。公園に出た。

池にかかった橋の上で、ふたりと会った。

兄はいやな顔をした。

——妹。

と、そっけなく説明した。

兄の態度を補うように、茅島さんのふるまいは明るかった。そのちょっとした偶然をおおげさに喜んで、

——せっかくなんだから、一緒に甘いものでも。

とわたしを誘った。

兄は黙っていた。そういった主導権は、彼女のほうが握っているようだった。

兄の恋人にしては老けている、ずいぶん年上なようだと、あのときは感じた。あとで同い年だと聞いて驚いた。

いま会ったらどう感じるかは、わからない。

「続いてたんだ」

「まあ、断続的に。もうさすがに駄目だろう」

「なんで」

「考え方も趣味も、なにもかも違いすぎる。"Stardust"と"Misty"が同じだっていうようなやつなんだ。まったく同じ曲に聞こえると」

わたしは微笑した。

洋菓子店の喫茶室のテーブルに、わたしが並べてみせた二つの釦を、彼女は区別できなかった。

——どう違うの？

と真顔で訊いてきた。そのことを思いだしたのだ。

新しい釦をわたしは、古い釦と一緒にコートに縫いつけた。

「たぶんわたしもだよ」

「嘘つけ」

「おとうさんのこと、聞いてるよね」

「ゆうべ聞いた」

「どうする」

「どうするもこうするも」

兄は椅子から腰を浮かせて、机の脇のギタースタンドに手を伸ばした。

足を組み、ギターを構え、いまひとつ不器用な手つきで和音を鳴らしながら、

「おれは大学に通い続けるよ。いま焦って軌道を変えたりしたら、これまでのことが元も子もない。学費が出そうになかったら、学校に差し支えない範囲でアルバイトをして、奨学金もこれから申請してみて、そういったことでなんとかしていくほかない。とにかくちゃんと卒業して、資格も取って、おれにしかできない、ほかの奴とは替えがきかないような仕事に就く。長い目で見たら、家族にとって最良の選択だよ」

「うん」

「とりあえず夏のバイトを探す。そうやって、いまできる最良のことをやっていくほかない。理恵も、高校をやめなきゃならないようなことにはならないだろうし、ちゃんと出といたほうがいい」

兄の冷静さが頼もしかった。しかし、

「ただ、そのさきの進学は難しいかもしれない」

とも彼はいい添えた。

「運良く親父が再就職できても、勤続三十年と同待遇のはずないからな。収入は半減かそれ以下だろう。生まれた順番のせいで不公平だと感じるかもしれないが、お互い家に頼れるのは、

いま行ってる学校までだろう。そう思っといたほうがいい。うちにどのくらいの蓄えがあるかは知らない。でもたぶん、家のローンで終わりだよ」

予期していた話だ、といった顔でうなずいていたが、胸を抉られたようだった。

念頭になかったわけではない。

きのうのレストランでも迷っていたのだ。わたしは大学には行かないからと、いま父にいおうか、それとももうすこし考えてからにしようか、と。

もともと進学への情熱はないから、そういう人生も面白いかもしれないと思い、前向きなつもりでいた。

父は、べつにわたしの進路のことはいわなかった。

いま兄から指摘されて初めて、大学に行く行かないの選択肢が自分に生じたわけではない、たんに、ひとつの大きな可能性を奪われたにすぎないのだと、気づいた。

わたしの教育にかけるお金を、父はもう稼ぎだせない。

高校を出たら、わたしはすぐに働きはじめるのだ。

自力で生きていくのだ。

それはもう、決定事項なのだ。

「ローン、残ってるんだ」

「あと十年はあるはずだな。ただ、就職ったって、理恵の場合は眼が治らないとなあ」

「ごまかせるよ」

「それならいいが」

「家族旅行とかも、もう行けないね」

兄はうなずきかけたが、かぶりを振って笑った。

「近場なら行けるさ」

廊下で電話が鳴った。母か父かが、部屋から出てくる音がした。跫音《あしおと》が続いた。兄はギターを爪弾くのをやめた。

「なにかあったか」

椅子から腰をあげ、ギターをスタンドに戻す。

わたしたちは部屋を出た。

父母はダイニングにいた。

母はお湯を沸かしていた。

父はテーブルに肘をついていた。わたしたちを見返し、

「柏村《かしわむら》さんが死んだ」

といった。

職場の親友として、しばしば父の話に登場してきた人物だ。たいそう陽気な人物だと聞いていた。

みずからの先行きを予感してか、父がそういった話を家族の前ですることはなかったから、その日まで、わたしたちは知る由《よし》もなかった。父の親友は、父に先んじて、先月のうちに会社を解雇されていたのである。

「今朝、マンションの屋上から飛び降りた」

*

小康を保《たも》っている、と小此木先生は形容するが、わたしがあきらめて、じたばたしなくなったというだけのことだ。患者のあきらめを小康というのなら、まったくその通りだけれど。状態に変化がないので、問診自体は短い。あとは、わたしの気分を鎮めるためというより、どちらかというと先生の好奇心を満たすための、雑談である。

ちょっと驚いたことをいった。

「芥川くんのご両親が、彼の日記を見せてくれたよ。よく見せてくださったものだ」

わたしは驚いたし、不快でもあった。持ち前の、相手の抗する気力を萎《な》えさせてしまう口調や表情を、あの両親に対して駆使したんだろう。

そういった行動を先生が、自分の当然の権利と感じていることを、感謝の口ぶりの裏に感じた。

死んでなお、頭のなかを探られる芥川は、不憫だ。

「面白かったですか」

と皮肉をいったら、通じたらしく、口ごもり気味に、

「医師としてはね」

「日記なんかつけてたんですね」

「見せてもらったことはない？」

まさか、と口にする代わりに、ただ笑った。

「日記というより、創作帳といった感じのノートだった。すくなくとも無関係な者にはそう見えるよう、日付もないし、どの文章も現在形だった。人名はイニシャル、自分自身のことも〝彼〟と称している」

芥川らしい、と思った。

「わたしはS？　R？」

「Rが、たぶんきみでしょう」

「出てくるんだ」

「〝Rを見る〟〝Rに電話〟〝Rと会話〟……情緒的な記述は見当たらなかったね。好感を抱かれていた証拠だ」

「あまり関心がなかったんでしょう」

「無関心な事項を日記には書かないよ。全般、意図的に感情を殺して書いてある。ただ家庭のこととなると、とたんに饒舌《じょうぜつ》になり、感情が覗ける。読み進めるのがつらくもあった」

先生は机の抽斗《ひきだし》を開けた。まさにその日記帳が出てくるのかと思ったが、彼がとり出したのは、二つ折りにした黄色いレポート用紙だった。

開いたカルテに、それを重ねた。

「ご両親の、とりわけお母さんの愛情が空廻りしているだけだと、彼自身も気づいている。応じたいと思っている彼もいる。しかし応じるべく暮らしていると、肉体が不調に見舞われる。卒倒や、無呼吸の発作、不整脈、各種アレルギー。すでにお母さんを殺してしまった自分を想定することで、彼はそこから脱しようとしていた」

「なんでそんなにお母さんが嫌いだったんでしょう」

「察せられるところはあるが、ぼくの口からはいいにくい」

先生はこちらを向いたまま、いったん口をつぐんだ。

エアコンの送風音。

やがて、いくらか思いなおしたように、

「もともとの原因は、お母さんの側にあったと思う。愛情のそそぎ方を見誤った、といったところか。しかし今は、芥川くんの話は横に置いておこう。日記のなかに、Rの文字は登場しないものの、あなたに関連すると思《おぼ》しい記述が何箇所もあった。書き写してきたんだ」

レポート用紙を、わたしの膝の上に差しだした。

「一部だけどね。意味、わかるかい」

わたしは紙を開いた。

刹臆病　昼下直進

と、最初の行にあった。二行ほど離して、

羅道化×刹知恵　羅勝

また同じだけ離して、

羅道標　夜上旋回

わたしはかぶりを振った。

「羅刹国の戦況だと思いますけど、それ以上は」

「〝臆病〟とか〝道化〟といったタームが、芥川くんの口から出てきたことは」

「ありません」

「あなたの夢にも?」

「出てきません」

「そうか」

なかば予期していたようにつぶやく。

この先生の額にも、ときどき、ふたつの突起が見えるのである。わたしの霞《かす》んだ目に、彼はまるで、自分の正体を知りたがっているかに映った。

〝道標〟という言葉は、たしか、夢のなかのわたしの意識にのぼった。そういう記憶があったが、いわなかった。

羅刹国でのことを、問われるがままに語ってしまうには、時期尚早であるという気がしていた。

「お薬、きょうは多めに出していただけませんか」

「ん? 旅行にでも」

「いいえ。父が、失業しました。だから、うかがう回数を減らして、診察料と交通費を節約したいんです」

「そう」

と彼は短く、関心なさそうにうなずいた。それから医師らしい口調に戻し、

「最近はうるさくいわれていて、一度に多くの薬は出せないことになってるんだよ。溜めこんで、まとめて呑む患者がいるからね」

「わたしがそんなことをする患者なら、とっくになにかやってると思いますけど」

「それは、もっともだ。逆に質問しますが、薬の必要は感じていますか、これまでと同量の。楽にしのげるようになってきたと感じるなら、半分の量に抑えて、そのぶん長く保《も》たせるという方向も考えられるけど」

「楽にしのげるって、自分や先生に、つのが見える状態に慣れたかってことですか」

「今もまだ見える？」

先生は自分の前髪を搔きあげた。

「自分のには、いつでも触れられます。先生のは、ときどき」

そのときは、先生の額には見えていなかったのだが、

「いま、ちょうど手に隠れています」

と嘘をついた。

先生は手を下ろした。

「羅刹国の夢も？」

「続いてますよ。先生も出てきます。仲間です」

先生はうつろな目つきで、じっとこちらを見た。自分にも、わたしの額につのが見えるかど

うか、確かめようとしているふうにも見えた。

「しかし、夢をみるということは、すくなくとも眠れるということだ」

「ちっとも眠ったようじゃないですけどね」

とわたしは笑った。

先生は軀《からだ》を机に向け、緑色の万年筆を握った。

「試験的に、すこし多めに出しておきましょう。けっして定量以上には呑まず、むしろ減らす努力をして、保たせられるだけ保たせてみて」

こちらに椅子を廻して、

「薬がなくなったら、また来て」


学校の荷物もないし、どれほど道を覚えているか、しばらく歩いてみようと思いたった。駅行きのバス停がある側には渡らず、歩道をさかのぼりはじめた。

車道を行き交う自動車。車種というものがわからないわたしは、車体の色をかぞえるばかり。

白。白。朱赤。銀。

葡萄茶《えびちゃ》。白。黄緑。

黒。バス——追い越された。

家にいるのであろう父のことを思いだし、重たい気分になり、しかし彼の苦境に対して自分ができることのひとつはやったのだと、暗雲を払った。

意識を芥川に向けた。

彼のことを考えているほうが、まだしも安全だ。死者のことなら。

ばかな芥川。日記なんか残して、死んだあとまで小此木先生の研究材料だ。

それとも、本当は心の底でそうなりたくて、この日の到来を予期しながら、じりじりと自分のことを記録し続けていたんだろうか。

自分で書いていたとおりの「彼」と化して、あんがい満足しているんだろうか。

けさのわたしは――わたしも、鉛筆を握っていた。

あらゆる記録は、読まれるためにある。

とすれば深層のわたしは、いまの醜悪な自分を、あるいは羅刹国の過酷な景色を、他人に知ってもらいたがっているのか。それとも自分のための覚え書きか。

思索を深めようとすると、朝方のように、またきりりと頭が痛んだ。

風邪をひいてるんだろう。きっと風邪だ。

横断歩道。

肩からトートバッグを提げた、Tシャツ姿の女の子が、信号が変わるのを待っている。

幅の狭い、直線的な背中に、見覚えがあった。

歩道の縁に並んだ。

彩夏《あやか》、と咽《のど》まで出たが、思いとどまった。違う、と察したのだ。

気配に、相手もこちらを見た。驚いたように、すこし身を退けた。

小さな眼鏡。

つのを見られたと思い、わたしは彼女から顔を背けた。

双子のもうひとりだ。

彩夏も近視だが、眼鏡ぎらいで、使い捨てのコンタクトレンズを愛用している。髪も、こちらは彩夏より黒い。

頭上の信号機が《通りゃんせ》を唄いはじめた。

わたしは前を向いた。

彩夏の分身は、すでに車道に踏みだしていた。

一度、こちらをふり返った。

わたしを見返したというよりも、こちらの頭上にあるなにかを確かめたように見えた。

眼鏡に反射した陽光が、わたしの暗い視界を射た。足が竦《すく》んだ。

遠ざかると、彼女は彩夏にしか見えなくなった。そのうちだれにも見えなくなった。

気がついたときには、信号はまた赤に変わっていた。

彩夏と同じ顔をした彼女が、ふり返って確認したのは、わたしの姿というより、むしろ自分自身の記憶だという気がしはじめた。

彩夏のスチールの筆入れの、蓋の裏側にびっしりと貼られた写真シールの群れに見た顔だったかどうか、確認したに過ぎないのではないかと。

彼女には同類のにおいがしなかった。存在そのものが健全に輝いていた。

ならば彼女の目に映ったわたしは、彩夏の目に映るわたしと、外見上、変わらないはずだ。にもかかわらず彼女の眼鏡の反射に、わたしは自分の本質を照らされたような気がしたのである。人殺し。

3

夢は、毎夜続いて、わたしの意識は羅刹の国を訪れ続けた。

訪れるたび、沙漠の空に雲は薄れ、キャラヴァンの歩みは衰えた。

衰えきって、ほとんどひと所に留まっているような状態となった。

数ばかりを減らした。

ある晩——というのはこちらの世界でのことで、羅刹国には相変わらず昼しか存在しなかったが——熱にゆらめく沙漠を見渡して、わたしは、キャラヴァンがとうとう三人になってしまったことを知った。

さきに立っているのは小此木。

後方には、矮小なまぼろしのような少年の影。

もはやキャラヴァンと呼べるあたま数ではない。

この三者が残るのは、たぶん、わたしにはわかっていたことなのだ。この世界がわたしの心なら、顔のない他の者たちを重要視するはずがない。

つまり三者を残したのは、わたしだった。

すでに三者しかいないと知った瞬間、やかましい駅前から自分の部屋に戻ってきたときのような、安堵を感じた。

しかし夢全体にばらけているようだった感覚が、夢のなかの肉体に収束しはじめると、たちまちそれどころではなくなった。

苦しい。

空から、雲はかき消えていた。

沙漠は、旅しはじめた頃の灼熱をとり戻しているのだろう。しかし衰えきった肉体は、もはや熱を熱として感じなくなっている。

餓えも感じなかった。

あたかも正体のわからない苦しみが、三つの苦悶の念が、だらだらと沙漠をさまよっているに過ぎなかった。

炎のなかを、さまよっているに過ぎなかった。

小此木の後ろ姿が近づいてきた。

いや、近づいてきたのではない。とうとう歩みをやめてしまったのだ。

次に倒れるのは小此木か。

わたしは小此木の最期を見届けるのか。

旅しはじめた当初の思いに立ち返れば、それは、わたしの勝利といえた。

右の耳に、小此木のつぶやきが聞こえてきた。

……二項対立……二項対立……と繰り返しているようだ。思考が朦朧《もうろう》としているのだろう。

ところがそのとき、くるりとこちらに顔を向け、

「悟った」

強い調子に驚いて、わたしもまた歩みを止めた。

「進まないのか」

「この旅が、争いだ」

「なにをいっている」

「悟ったのさ。おれたちはすでに、長い旅路を戦いぬいてきた。この旅そのものが、まさしく羅刹の戦いだったんだ」

「この沙漠が、刹だと?」

「いや」

灼熱に濁りきった双眸《そうぼう》が、わたしを睨む。

「きみは、羅だな」

「かつて選んだが、本当に、これといった強い理由はなかった」

「しかし選んだ」

うなずいた。

「おれたちは最後のふたりだ。この沙漠にきみが残れば、それは羅の勝利であり、すなわち敗北したおれは刹であったということになろう。きみがさきに倒れれば、羅の敗北だ。羅との戦いに勝利したおれは、やはり刹に違いない」

少年のことを忘れている。

「ふたつの存在は、必ず羅刹に分かれるとでも?」

「そうだ。そしてこの沙漠には、おれときみの二者しか存在しない」

「この状態もそう長くはないだろうよ。もし小此木が最後まで生き残ったら、そのあとは、羅でも刹でも好きに名乗るがいい」

小此木の双眸が、左右に揺れた。

「おれは間もなく倒れるだろう。限界が、すぐそこに見えている」

「それを刹としての敗北と思うなら、勝手にそのつもりで死ねばいい。わたしの知ったことじゃない」

「先手を打つ」

小此木の両手が、こちらに伸びた。

ぬらりと捉えどころのない所作だった。呆気にとられているうちに、わたしは彼に杖を奪われた。

熱い鉄の棒を引きずって歩くことを、わたしはもはや苦痛としか感じていなかったから、そんなものが欲しいのならくれてやるとばかり、まったく無抵抗でいた。

だが小此木の目的は、杖を得ることではなかったのだ。

彼は杖を水平に構えると、先端をわたしに向けた。

身をぶつけてきた。ためらいの色もなかった。

杖の先はわたしの鳩尾《みぞおち》に当たった。爛《ただ》れた皮膚をあっさりと焼き破り、体内に潜り込んできた。

背中の皮膚が杖の到達を感じた。片手をまわして確かめた。

貫通してはいなかったが、盛り上がった衣と皮膚のむこうに、杖の存在を感じた。

小此木を睨み返し、

「ばかなやつ」

と嘲《あざけ》った。

痛みは感じていなかった。ただ、熱くて重い、とてつもなく厭《いや》な感じが、全身に満ちているばかりだった。

過酷な強行軍に、全身の痛覚を麻痺させられてしまったようだ、と思っていた。この世界がしょせん夢想であることの証明だとも思った。

双方のことに同時に納得して、なんら矛盾は感じなかった。

「じき、おまえも死ぬんだろうに」

小此木は、小此木という名の苦悶は、しかしうっすらと微笑して、

「死ぬだろう」

「わたしの血を啜《すす》り肉を食らったところで、この灼熱のなかを、どうせたいして進めやしない。緑は見られなかったな」

「もう見なくていい。肉体がどこに位置しているかは、問題ではないと気づいた。思考そのものが、おれの前進なんだ」

「刹として勝ったと信じることが、前進になるのか。そんな前進がなんになる」

「さあ。なんになるかを確かめるために、羅刹の争いに勝利する必要があるんだ。自分が存在しているうちにな」

「おまえ、狂ってるよ」

「これがこの世界の正常さ」

小此木が、杖を横ざまに放りだすと、わたしの軀は熱い地面に崩れた。

膝を突き、はじめ前のめりになったが、腹に刺さった杖がつっかえ、背中を抜けた。

鳩尾からは滴る程度だった体液が、背からは大量に吹きだした。そう感じた。

わたしはうずくまり、そのまま横向きに倒れた。

頭の上のほうで小此木が、まだなにかを喋っていた。しかし右耳を下にして倒れていたので、内容は聞きとれなかった。

そのうち黙った。静かになった。

わたしは熱砂に頬をあて、死の到来を待ちはじめた。

ともに目映《まばゆ》い天地が、視界を縦に二分していた。

この世界の最後の景色としては、わるくなかった。

このまま、わたしは虚無に向かうのだ。

悲しくも、嬉しくもなかった。

怒りも、なにかへの愛もなかった。

この無感情は、すでに虚無にとらわれつつある証拠かしらと思い、そんなことを思っているのもばからしくなり、思考を空白にしきったころ、世界の最後のはずだった景色のなかに、天地の狭間に、不明瞭な影が入り込んできた。

わたしは少年の存在を思いだした。

まだ、彼がいた。

本当は、わたしが死んでようやく、最後のふたりなのだ。

二項対立の図式にとらわれた小此木にとって、少年は羅だ。

小此木の足が、わたしの頭をまたいで、視界の邪魔をした。少年に気づいた。

こちらをふり返り、腰を落とした。わたしを串刺しにしている鉄の杖の柄に、ふたたび手をかけようとした。

今度は渡さなかった。わたしが素早く自力で起きあがるさまに、小此木は愕然となり、怯えて、後じさった。

自分の余力に、わたしも驚嘆していた。わたしは自分の脚で立ちあがった。

すくなくとも肉体的な余力ではなかった。物質的な力ではなかった。

この世界におけるわたしの自我を超えた、大きな意思のようなものが、死んだも同然のわたしを動かしていた。

少年を、羅刹の二元論から遠ざけようとしていた。

両の手で杖を握って、自分の軀から引きずりだした。

煮えた血が吹きだし、吹きだした端から湯気に変わって、わたしの視界を被った。

湯気のむこうで、小此木が身を緩慢にひるがえした。逃げようとしている。

血まみれの杖を肩に構え、その背中めがけて投げつけた。右の耳に、びゅんと鋭く、腕と杖とが空《くう》を切る音がした。

杖は、小此木の肩に吸われた。

彼が熱砂に倒れこんだ。

杖は墓標のように直立して、みずからが彼を貫いていることを示した。そのことを確かめるや、わたしもまた倒れ、ふたたび砂に頰をつけた。

しかし、まだ目を閉じることは叶わなかった。天地に二分された視界に、小さな足が入りこんできたのである。それから、頰に触れられた。

わたしは頭を動かした。そしてたぶん初めて、少年の顔を直視した。

肉は、極限までそげ落ちている。まるで頭骸骨を薄布で包んだようだ。

穴凹《あなぼこ》のような眼窩の底で、眼球の白い部分が増減して、まだかろうじて屍体ではないことを示している。

その目を見返すうち、わたしは自分の誤解に気づいた。

少年ではない。

少女だ。

しかも見慣れた目だ。あまりにも。

……わたし？

そのとき、予感がして、わたしはまた頭を動かした。小此木のほうを見た。

背に刺さった杖が揺らいでいた。

まだ生きている。起きあがろうとしている。

逃げろ、進め、と少女に告げた。

声にはならなかったが、少女は小此木のほうをふり返り、納得したように立ちあがった。

わたしの傍らを去った。

砂に残った足跡を見ながら、わたしは虚無になった。

*

目覚めたとき、わたしはまた、右手に鉛筆を握っていた。

のみならず、なんらかのノートを机に拡げて、その上に腕を置き、顔を伏せていたのである。

なんのノートかはわからなかった。部屋は、まだ真暗だった。

まだ夜だった。

夢遊病的な行動は、きっとまた繰り返してしまうだろうと予想していたから、大きな驚きはなかった。ただ夢にあまりに疲弊《ひへい》して、長いあいだ、身を起こすことができなかった。

死んでしまった。羅刹国のわたしは、死んだ。

どこかに吸い込まれていくような、なんとも名状しがたい感覚を、わたしははっきりと憶えていた。恐怖心はなかった。安堵もなかった。両方ともあった、ともいえる。嬉しくもあり、悲しくもあった。同時に、どちらの思いもなかった。

あえて近い感覚を探すなら、落胆、だったかもしれない。呆気なかった。

しかし瞬時のうちに落胆しきって、かといって新たな希望が芽生えるでもなく、そのまま意識ごとかき消えた。わたしは消えた。虚無。

終わったんだ……終わった……と朦朧とした頭のなかでつぶやき、右手の鉛筆を机に落とした。目を開いてベッドに戻るには、疲れすぎていた。

かといって、ふたたび眠りに入れるわけでもなかった。時間を追うごと、額を置いた左手の痺れが増していく。

額。

羅刹国のわたしが死んだ今、額のつのは？

かすんだ意識に生じた疑問が、びくりと、わたしを目覚めさせた。頭を起こして額に触れた。つのは、あった。ベッドに入る前と、なんら変わったところはなかった。

同じ手で、顔をこすり、椅子を寄せて坐りなおした。机に固定された首振りの蛍光灯の、スイッチを入れる。

時計は三時半を示していた。

机上に拡げられていたのは、数学に使っている大学ノートだった。

すでに使っている頁《ページ》だ。数式の上に、べつの新しい鉛筆の跡がある。

眠りながらわたしは鞄から、今度は筆入れのみならずノートまで出し、机に拡げて、なにかを記そうとした。いや、これで記したつもりだったのかもしれない。

立派な夢遊病患者だ、と、はじめはただ呆れていた。

まだ頭がぼおっとしていたというのもあるが、ノートの文字は一画一画がばらばらで、なにを書いたのか、いやそこに何文字あるのかも認識できなかったのだ。無意味、に見えた。

しだいに頭がはっきりしてきた。

漢字のようだと気づいた。こう書こうとしたのだろうと思われる順に、右手を動かしてみた。

頭のなかに正しい漢字をイメージした。

知 日 子

首をかしげた。まるで小学生の漢字練習。

意味などなかったと、いったん断じて、ノートを閉じた。

いや、と閉じるなり閃いて、ふたたび同じ頁を開いた。

文字を見返した。

智子《ともこ》だと気づいた。背筋が凍った。

よく知った名前だった。

震災のとき叔父の傍らで死んだ、その妻の名だった。わたしの叔母だ。

4

「職安の場所、理恵、知ってるか」

階段をあがろうとしていたら、廊下に出てきた父から問われた。

「なんとなくは」

と答えながら、きっと父は、わたしに一緒に行ってほしいのだと察した。

日曜の午前だった。行きたい所の所在を調べられない父ではない。そういったことには、むしろ抜かりのない方だ。

わたしはといえば、やはり風邪をひき続けているのか頭が重く、とりあえず部屋で横になろうとしていたのだが、

「たぶんバスが早いよ。一緒に行こうか」

「いや」

父は反射的にいってから、いや、とそれを自分で否定した。

「行ってもらえるか」

「いいよ。でも職場を紹介してもらう話は?」

「それはそれとして、一応、見ておきたいと思って」

「そうだね。いろいろ見たほうがいいね。もう行く?」

「出掛けようか。そして早く帰ってこよう」

「着替えるよ」

いったん洗面所に行って顔を洗い、鏡に背を向けて髪をとかした。それから部屋に上がり、あかるい色のサマーニットを着た。帽子をかぶった。

かぶりの服をぞんざいに着ようとすると、ちゃんとつのが引っかかる感触がする。存在しないはずのつのがそれを感じ、衣服のほうも顔に貼りついて、下りてくれない。

小さなデザインの帽子も、もちろん引っかかる。膨らみのある帽子を目深にかぶるほかない。わたしの認識ではそうなのだ。

そういったいっさいが錯覚だというのだから、逆にいえば、信用できる感覚などひとつとしてないということだ。自分が生きているのかどうかも、おぼつかない。

わたしは本当に生きているんだろうかと考えた。この家も、外側の世界も、なにもかもが、むこうのわたしの、死に際の夢想ではないと、いいきれるだろうか。

階段をおりた。父は、待っていた。

空は晴れていた。空気が眩しかった。

父は無帽だった。後ろから見たその頭に毛髪は乏しく、地肌のさまがよく見えた。

会社からの職場紹介はあてにならないのだろう。体裁を保つのをあきらめようとしている父を、わたしはむしろ頼もしく感じていたが、そう口にだしても、今はただ傷つけるだけだと思った。讃辞は、再就職が決まったときに残しておこう。

駅前まで歩き、案内所で確認した番号のバスを待ち、それに乗った。

乗客はすくなかったが、わたしと父は二人掛けの座席に並んだ。

抑えぎみの冷房が心地よく、バスが動きだすと、間もなく眠気に襲われた。

窓硝子《ガラス》に薄く、陽を浴びたわたしの頬。

もうひとりのわたしは死んでしまったというのに、こちらの世界に、またもうひとりのわたしが現れた。おぼろになっていく意識のなかでそう思った。

数日前に見かけたもうひとりの彩夏もまた、きっと彩夏の鏡像なのだ。だからわたしが彼女と接することは、永久にないだろう。なぜなら彼女と、彩夏の側の住人であるわたしとは、この窓みたいな硝子によって隔てられている。相手に触れたいと思って硝子の裏側に廻っても、きっとだれもいないのだ。そんなことも思った。

わたしは眠りに落ちていった。眠りの底で、わたしはまだ沙漠を歩んでいた。

わたしは生きていた。生きて羅刹国にいた。

真白に輝く空と、黄色くそれを照り返す大地の狭間を目指して、のろのろと進んでいく。死にきれず、休む場所も見つけられずに、やむなく灼熱を歩み続けている。

……バスが揺れ、わたしは薄く覚醒し、こちら側の頭で、違う、と思った。

歩幅が違う。軀の重さが違う。

わたしではない。べつのだれかだ。

羅刹国の、またべつの……「わたし」だ。

*

丘陵の頂上を間近にすると、立ち止まって足跡を見晴らしたいという誘惑が、またも逆らいがたいものとなった。ともに進む者のないこの孤独なキャラヴァンに、あえて仲間を見出すとしたら、みずからが残してきた足跡だけだった。

しかしいったん立ち止まると、ふたたび歩きはじめるのが心底苦痛になる。歩みをやめて留まり、そのまま干涸びてしまえば、どんなに楽かと思いはじめる。

誘惑から、これまで「わたし」を遠ざけてきたのは、仲間割れを起こし自分の杖で身を貫かれて死んだ女の、いまわのきわの一言だった。まだ息があったもうひとりが「逃げろ」といった。さらにいい足した。「進め」。

当初は、「逃げろ」の一句のほうが重要だった。留まっていれば「わたし」も同じく殺されてしまうのだと思い、ただ恐怖心から足を動かし続けた。

ひとりで上りつめた最初の丘陵の上から、初めて後ろを向いた。男の姿などどこにも見えなかった。考えてもみれば、あれほどの深手を負いながら「わたし」を追いかけられるはずがなかった。死んでしまったのだ、とっくに。いい気味だと感じた。自分をこっぴどく殴ったことのあるあの男が、「わたし」は大嫌いだったから。

だが、いったん遠ざかった死は、恐怖の対象から誘惑へと転じた。このうえなく疲れ、そして餓えていた。足が動かなくなった。

進め。

囁《ささや》きのような女の遺言が、「わたし」の耳朶《じだ》に甦った。女は本気で、あの男がいったような世界を夢みていたのだろうか。なぜ「わたし」を行かせようとしたのだろう。「わたし」が沃野に達したとしても、彼女にはその事実さえ知りようがないのに。

疑問を抱くと、膝がすこし動いた。それを歩みまで押し上げるには、恐るべき負荷と戦わねばならなかったが、それを繰り返して、わたしは進んできた。

好奇心は心強い味方だと感じる。今のところは。

この頂上でも立ち止まるかどうかは、上りきってから決めよう。今度こそ、それきり歩けなくなってしまうかもしれないが、頂上から見た前方の景色が、またもや沙漠ばかりだったら、いっそそのほうがましともいえる。上りきれば、おのずと答が生じる。

やがて、空の異変に気づいた。前方の空が、翳《かげ》ったような色合いに染まりはじめた。

頂上が近づき、視野が下方に拡がるごと、空はその色を濃くした。しかし全体ではない。「わたし」のちょうど前方だけが、あたかも菫《すみれ》色に輝いているのだった。歩みが勝手に速まった。そんな余力があったことに自分で驚いていた。

頂上寸前で、しかし、わたしは啞然として立ち止まってしまった。

景色に、あまりに驚いたのである。

眼下に黒いものが拡がっていた。周辺部に目を凝らすと、どうも石造りの遺跡のようだが、今ひとつ判然としない。暗いのだ。広大な遺跡全体が闇に包まれている。

「わたし」はまた進みはじめた。そうすることに負荷は感じなかった。

斜面を下るごと、遺跡は広大さと暗さを増した。そのうちわたしの周囲も翳りはじめた。闇に包まれているのではないようだと、その段になって気づいた。遺跡そのものが闇を放っている。遺跡が闇なのだ。

「わたし」が初めて目にする、この世界の夜だった。

解説

春日武彦

　辞書を繙《ひもと》いて「羅刹《らせつ》」とは何かを調べれば、「人肉を喰らう凶暴な悪鬼で、後には仏教に取り入れられて羅刹天となった」などと記されている。どこか抹香臭いイメージが漂ってくるが、本書は白陵《はくりょう》高校一年生の「わたし」――すなわち左右田理恵《そうだりえ》を主人公にした物語である。ありふれた小市民の一家の娘と悪鬼とがどう結びつくのか。

　もちろん本文を読み進めれば、物語の構造が分かってくるとともに理解は及ぶ。だが漫然と読んでいると、もしかすると内容の突飛さに気圧《けお》されて混乱しかねない。そこで本書のポイントとして、以下の三つが読解のキーワードになるのではないかと思われるので列挙してみた。もちろん解説者の勝手な解釈に過ぎないのであるが。

①特別な人間であることへの憧憬。
②罪の意識。
③二項対立。

　まず①である。一五歳の少女が凡庸《ぼんよう》さを憎み、特別な人間でありたいと願うのは納得がいく。

ただし思春期の人間における「特別」は、往々にして常軌を逸しやすい。美しさ、痩身、突出した才能、心身や出自などにおけるある種の欠落、秘密、孤独。いやそれどころか背徳という要素が必須なのではないか。そもそも背徳とは凡庸な精神を踏みにじる行為なのだから。

しかし殺人となると、少しばかり話は違ってくるだろう。「わたし」は叔父を殺している。崖から突き落としている。にもかかわらず平然と日常生活を送っている。

では「わたし」に②、罪の意識はあるのか。サイコパスではないのだ、もちろん「ある」。そのせいなのか、わたし＝理恵の額《ひたい》には鬼のような角が二本生えてきた。本人にはしっかりとその感触がある。生々しいほどに。鏡を見れば角は視認できる。が、どうやら周囲の人たちに角は見えないらしい。いっぽう理恵からすると、ときおり世間の人たちの中に角を生やした人がいるのが見える。人を殺したり、強い殺意を抱えたりしている人間は珍しくないようだ。たとえ取り澄ました表情を浮かべていても。

解説者は精神科医を生業《なりわい》としているのだが、臨床の場では罪の意識に苦しむ人と出会うことが多い。ただしその場合の罪は、たとえば親の期待に応えられなかったとか、自分自身に対して正直に生きて来られなかったとか、そんなつもりはなかったのに誰かの心を結果的に傷つけてしまったとか、与えられたチャンスを生かせなかったとか、そうしたものがメインである。今さら罪滅ぼしなど不可能であるし、いやそれどころか最初から罪など存在していないのではないか。

人は自分を罪深いと思うことで気持を整える——そんな性質があるような気がしてならない。そこには①が心の奥底で関与している可能性もある。シンプルなパワーワードゆえに、人は罪という言葉に幻惑されがちなようでもある。そうした消息を、津原さんはしっかり認識していたと思う。

③についてはどうだろう。五三〜五四頁には理恵よりも学年が上の芥川《あくたがわ》要《かなめ》との会話が出てくる。夢の中で出現する羅刹の国でのやりとりであり、「向こうの世界」とは現世である。

「ラが勝れば、向こうの世界に恐怖が蔓延《はびこ》る。その点においては連動している」／その部分にアクセントが付いていたので、羅だと気づいた。／羅か刹か、だったのだ。／「刹が勝ったら?」／「悪意が蔓延る」／「羅と刹とに分かれるのね。でもなんのために」／「争うために」／「なぜ争うの」／「ただ弱肉強食じゃあ獣と同じだろ。おれたちは獣じゃない」／「鬼だ」

羅と刹とは二項対立の関係にあり、羅は現世に恐怖を立ち上がらせ、刹は悪意をはびこらせるというのだ。ここがいまひとつ分かりにくい。七二頁には「人が最後に頼みにするのは、けっきょく、そのどちらかではないのか。／恐怖か、悪意か。」といった記述もあり、恐怖とは被害者の立場を、悪意とは加害者の立場を意味しているのかとも考えたくなる。

総じて二項対立というのはかなり乱暴な思考である。下手をすると狂気に親和性を持ちかねない。いや、だから「こそ」の二項対立ではないのか。

冗談半分で書いてみるのだが、この物語全体が拒食症の少女の妄想であるといった解釈だって成り立つだろう。拒食症は拒食と爆発的な過食という正反対の行動から成り立っている。理恵の行動にはそれを疑わせるものがある（しかも語り手は彼女だから、自分の状態をかなり控えめに述べている可能性がある）。絶望と怒りとが、もどかしさを伴って交錯し、「特別な人間であることへの憧憬」や「罪の意識」が目まぐるしく立ち現れる。

いずれにせよ、「恐怖か、悪意か」という命題には未《いま》だ明確な説明がなされていない気がする。

そうした点も含め、おそらく本書はまだ完結していない。最後のシーンからは、まだこれからの展開が予想されるし、テレビの空きチャンネルの砂嵐に閉じ込められた叔父やその妻で故人の智子《ともこ》、臨時教師の墨井香苗《すみいかなえ》もいずれ再登場する筈だったのではないか。

残念ではある。でもたとえ未完であっても、いやだから余計に、本書には豊かな想像力の飛翔の場が開かれている。わたしたちは津原泰水と一緒に物語を仕上げることができるのだ。

なお余談をひとつ。解説者である当方には、一五八頁に書かれているのとほぼ同じ理由で額に角が生えている。長く尖った角である。手で握ることも可能である。

◆

以上、右に記した内容でこの解説を終えるつもりでいたのである。が、引用した台詞にあるように、「羅と刹とに分かれるのね。でもなんのために」／「争うために」／「なぜ争うの」／「ただ弱肉強食じゃあ獣と同じだろ。おれたちは獣じゃない」／「鬼だ」、という理屈になっているのかいないのか判然としないやりとりが、いまひとつ気になったままであった。そんな折に、本書の担当編集者から意外な話を教えてもらった。

同氏とリラックスした席で語り合っていた際に津原さんは、『羅刹国通信』について「あれはボスニアなんです」としきりに述べていたというのである。「内戦が起きたのはBBCのせいだ。人々は憎悪と恐怖で煽られて、隣家《りんか》殺しに走った」とも力説していたという。

わたしは、『羅刹国通信』は耽美的かつ奇想に富んだ孤高の作家が紡《つむ》ぎ出した自己完結的なフィクションと思い込んでいた。だからこそ、この物語を拒食症の少女の妄想といった角度から解釈することも可能ではないかと、あえて指摘してみたりもした。ところが本書はそのようなものではなく、ボスニア内戦で起きた虐殺と報道の責任とが構想の背景にある、と。そんな内幕を知ったわけである。

なるほど恐怖と悪意（あるいは憎悪）によって、民族浄化や占領のための虐殺は行われてきた。現代においてはそこに情報戦略が重要な役割を果たし、津原さんからするとBBCが戦犯であったということなのであろう。「ただ弱肉強食じゃあ獣と同じだろ。おれたちは獣じゃない」というだけの理由で争い続ける羅刹国の住人たちの精神は、その空虚さにおいて、BBCに煽られた虐殺者と相似しているということか。恐怖と悪意は物語の後半に到って、二項対立という図式には収まらず、むしろ互いに影響し合ってエスカレートしていく忌まわしい対の存在であるという新たな解釈も示される。

正直に申し上げると、わたしはいわば紅茶とクッキーを傍らに心地よい部屋でゆったりとこの物語を堪能してきたのであった。酸鼻《さんび》な争いの場面も、あくまでも活字の世界内での出来事に過ぎない。そんな気分でいたのである。津原さんの打ち明け話がなければ、自分が生きている現実世界で起きた大虐殺と本書とを照らし合わせる可能性は皆無であったろう。ならば今のわたしは余りにも能天気ということか。

いや、そうではないと思う。本書を自己完結的フィクションとして楽しんで何が悪いのか。物語という存在の半分は作者のものであり、半分は読者のものだ。津原さんは大虐殺への怒りを覚えそれを本書に託した。それがダイレクトに伝わらなくとも、その不条理さや異常さを我々が物語を通して実感できれば十分ではないか。

でもそのあたりにおいて、津原さんとしては苛立つこともあったのかもしれないが、そのヴィジョンは呈示されないままとなってしまった。

ひょっとすると、津原さんの独白を読者へ伝えるのは解説者として越権行為のおそれがある。だが、本書にはさまざまな読み方が成立するという点において、ここに書き記さずにはいられなかったことを諒とされたい。

「津原国通信」

北原尚彦

『羅刹国通信』は、二〇〇〇年から二〇〇一年にかけて〈週刊小説〉誌上で発表された作品である。前世紀末から今世紀初頭にかけてのことになる。正に「ふたつの世界」をまたぐようにして。少女小説家だった「津原やすみ」が心機一転「津原泰水」として活動を開始し、作風の全く異なる『妖都』を刊行したのが一九九七年のこと。『羅刹国通信』は「津原泰水」名義では、初期作品に分類されると言っていいだろう。実際、今回『羅刹国通信』を通読して、『妖都』や『ペニス』を読んだときの感覚が思い起こされた。これまで単行本化されていなかったが、この度東京創元社から刊行される運びになったのは実に喜ばしい。

わたしが津原くんと出会ったのは、一九八四年のこと。わたしの所属していた青山学院大学推理小説研究会に、彼が入会した時だ。二〇二四年からだと、四十年も前のこととなる。時の流れの、なんと早いことか。

津原くんは一九八九年から「津原やすみ」として講談社X文庫ティーンズハートでデビューし、わたしも彼の引き合いで一九九〇年から「北原なおみ」として同レーベルでデビューした。

少女小説のレーベルでの執筆は、何かと制約が多かった。津原くんは「津原やすみ」から「津原泰水」になった際、そのくびきから解き放たれたのを思う存分味わうかのように、書きたいものを書いた。あえてやっている部分さえあっただろう（作品にわざわざ『ペニス』というタイトルを付けるなど)。

わたしは一九九七年末に会社勤めを辞め、一九九八年から専業作家生活に入った。その際に心機一転引越しもしたのだが、転居先がたまたま津原くんの家の近所(中央線三鷹《みたか》駅を挟んで北と南)だった。それもあって、この時期にはしょっちゅうつるんで遊んでいた。

わたしが一晩中仕事をしてから明け方に寝て、昼近くに起きてさあ活動しようか……と思うと、津原くんから電話がかかってくるのだ。「北原さん、昼メシ食ってビール飲みましょうよ」と。

というわけで、起きたばかりのわたしは津原くんと昼日中《ひるひなか》から酒を飲むことになる。

飲んだ後も、酔っ払いふたりで三鷹駅界隈をうろうろする。吉祥寺《きちじょうじ》までひと駅歩くこともあった。その際は、井の頭《いのかしら》公園を抜けることが多かった。『羅刹国通信』の中で、井の頭公園が出てくるのも津原くんの家からすぐ近くだったからだろう。

歩き回った挙句《あげく》に、津原くんの家に戻って、また飲み直すこともあった。津原くんの家には、ワインやウィスキーのボトルがごろごろしていた。

同じくごろごろしていたのが、ギター(エレキギター)だった。彼が音楽をやっていたことは有名だが、ギターを集めるのも趣味だったのだ。かなりいいギターを何本も持っていたらしいが、こちらにはその素養が全くなかったため、どれほどのものだったか残念ながら判らない。『羅刹国通信』作中、ギターを趣味にしているキャラクターがいるが、これは津原くん自身の趣味ゆえなのである。

酒を飲むと、文学観を開陳することもあった。ずいぶんと前のことだし、こちらも飲んでいたので細部はすっかり忘れてしまったが、「ほんとに頭のいいやつだなあ」と感嘆することがしばしばあったとは記憶している。

今回、記憶を思い起こすために、専業作家になった頃からひとつのテキストファイルでずっと書き続けている日記（購入書・読了書の記録が主体だが、日常生活もざっくり記述している）を読み返してみた。初めの頃は津原くんに呼びかけるように書いている部分が多々あったが、それも道理で、実はこの日記、初期には津原くんのサイトに間借りするような形で発表していたのだった（それより前は青学推理研ＯＢの同報メールだかクローズドな電子会議室だかで書いていたのだが、津原くんに「これ面白いから広く公開しましょうよ」と言われたのだった）。

せっかくなので、以下、津原くんに関係のある部分を幾つか引用してみよう。推理研の後輩なので呼び捨てにしているのはご容赦。わたしの買った古本情報は割愛した。


【一九九九年】

四月二十二日（木）イベント「鏡《かがみ》リュウジ with 井上雅彦《いのうえまさひこ》」へ。津原が音楽担当。ちんたおが来ていた。青学関係では菊地《きくち》秀行《ひでゆき》さんも。終了後もそのスペースで津原たちと飲み、さらにカラオケへ。さらにさらに吉祥寺へ移動して呑もうとした店が終了。てなわけて北原宅へ津原、ちんたお、津原の弟子がきて、さらに日暮雅通《ひぐらしまさみち》さんまで呼び寄せて、朝まで呑む。アホや。

四月二十三日（金）日暮さん、津原の弟子は帰り、ちんたお、津原は泊まる、というかゴロ寝。昼過ぎに起きるが、津原が起きない。仕方なく置いたまま出かける。横田《よこた》順彌《じゅんや》氏宅で手伝い。夕方6時前にウチへ電話したら、まだ津原がいた。こらこら結局何時までいたんだ（笑）。


六月十七日（木）津原泰水『蘆屋《あしや》家の崩壊』をゲラで読了したところへ津原から電話。昼飯で焼肉ランチ&ビール。その後、散歩がてら吉祥寺を二人でぷらぷらする。津原は久々に外へ出たとのことで、(主にパルコで)買い物しまくってた。わたしは古本市で数冊。

七月二十五日(日)遅く起きて、さあ仕事だと思ったら、津原から「ビール呑もうよ」と電話。結局、夜七時頃まで呑んでしまう。意志の弱いわたくし。帰りに古本屋。

十二月二十一日(火)ちんたおに頼まれて津原の家まで原稿の催促に行く(笑)帰りに古本屋。

【二〇〇〇年】

五月一日(月)津原と三鷹コラルで昼飯がてらビール。コラル地下の店で津原がコーヒー豆を買い、わたしはラッキョウを買う。三鷹楽器3Fで津原がウクレレをいじっている間に、1FでCD『ワールド・オブ・ミュージック16アイルランド』を買う。酒屋で津原がウィスキーを買い、わたしは地ビール数種類を買う。二人で古本屋。(注・この後、津原くんの家へ行き、更に二人で酒を飲んでいる)

五月十七日(水)エニックスのちんたおに呼び出され、津原んちへ。呑む。森奈津子《もりなつこ》さんも乱入。

——わかりやすいところだけをピックアップしたが、こんな具合にしょっちゅう一緒に遊んでいた(森さんも遊び仲間だった)。たびたび登場する「ちんたお」というのは、推理研時代のわたしの同期でエニックス（後のスクウェア・エニックス）勤務の青島《あおしま》氏のことである。津原くんが「百武星男《ひゃくたけほしお》」名義で弟子の梅村崇《うめむらたかし》氏と合作したゲームノベライズ『小説スターオーシャン セカンドストーリー』の仕事をエニックスから受けたのは、青島氏が担当だったがゆえである（その続篇『スターオーシャン Till the End of Time』のノベライズをわたしが受けたのも）。

青島氏は、津原くんが監修してわたしも参加した怪奇幻想アンソロジー《12幻想シリーズ》（『十二宮12幻想』『エロティシズム12幻想』『血の12幻想』）の担当者でもあった。一九九九年十二月二十一日に、わたしが「ちんたおに頼まれて津原の家まで原稿の催促」に行ったのは、その原稿である。わたしが横で待っている中、津原くんは何時間もかけて言葉の吟味《ぎんみ》に吟味を重ね、少しずつ少しずつ文章を紡ぎ、ようやっと原稿を完成させた（それが小説だったか解説部分だったか、まだ一部だったか完成品だったかは失念したが）。おかげでわたしはいわゆる「原稿待ちの編集」状態を、延々と味わう羽目になったのだが（自分のノートPCを持っていって隣で仕事をしていればよかった、と後で思った）。

津原くんは二〇〇〇年六月に転居し、先の日記のような蜜月時代は終了してしまう。しかし津原くんの引っ越した先が今度は喜国雅彦《きくにまさひこ》氏のご近所で、お互いに音楽が趣味だったこともあってか仲良くなり、喜国さんが古本も趣味であることを知ってわたしに引き合わせてくれた（確か鮎《あゆ》川哲也《かわてつや》賞のパーティでのことだったと思う）。おかげでわたしは喜国さんと古本友だちになり、英国旅行に誘ってウェールズの古本村ヘイ・オン・ワイにまで一緒に行くことにさえなるのだから、人生は分からないもの。

津原くんがご近所さんではなくなってからも疎遠になったというわけではなく、何かしらあれば会っていた。転居直後にも、津原くんに誘われて一緒に「ハーブ・オオタ氏のウクレレコンサート」のため葛飾《かつしか》まで行っている（この時は津原くんの弟や森奈津子さんも一緒）。日記中にも出てきたが、津原くんはウクレレも弾いていたのである。

二〇〇二年、《12幻想シリーズ》が講談社から文庫化された際、『エロティシズム12幻想』に装丁デザイン上の問題が発生し、津原くんに誘われて一緒に金子國義《かねこくによし》氏宅へ行ったこともある。問題への対応という大変な状況ではあったが、津原くんのおかげで金子氏のアトリエに入るという稀有《けう》な体験をさせてもらった。津原くんと金子國義氏との付き合いは、「津原泰水」のスタートとなる『妖都』からのこと。津原くんはデザインにも深いこだわりがあり、出版社サイドに著書について「装画は誰にお願いして欲しい」と希望を出すだけでなく、装丁デザインそのものに細かい指示を出したりしていた。わたしは「作者がそこまで口を出すものなのか！」と驚いた覚えがある。その後はわたしも装丁について「希望」ぐらいは述べるようになった。

彼のごく近くにいたので、色々なことを（人様には言えないようなことまで）見てきた。酒を飲んでばかりいたし、タバコもスパスパ吸っていたし、時代が時代なら〝無頼派〟作家だよな、と思っていた。人とぶつかり合うことも、しばしばあった。

それが羅刹の国だったとまでは言わないが、「津原泰水」という人間は、ある意味で別な国の住人だったのではあるまいか。おそらく彼自身にも、自分が普通の人とは違うという自覚はあっただろう。そんな彼だからこそ書けたのが、津原泰水文学なのである。

初出一覧

羅刹国通信　「週刊小説」二〇〇〇年二月二十五日号
続羅刹国報　「週刊小説」二〇〇〇年八月十一日号
続々羅刹国――雨の章――　「週刊小説」二〇〇一年六月二十二日号
続々羅刹国――夜の章――　「週刊小説」二〇〇一年十二月十四日号

本作において「叔父」と表記される人物は、左右田理恵の母の兄にあたるため、本来であれば「伯父」の表記が正則となりますが、敢えて連載時の表記のままといたしました。また、本作の連載中に固有名詞の変更が数カ所ありましたが、混乱を避けるためすべて後出のものに揃えました。（編集部）

羅《ら》刹《せつ》国《こく》通《つう》信《しん》

2024年4月26日　初版

著者
津《つ》原《はら》泰《やす》水《み》

写真
野坂実生

装幀
松木美紀

発行者
渋谷健太郎

発行所
株式会社東京創元社
〒162-0814 東京都新宿区新小川町1-5
03-3268-8231（代）
https://www.tsogen.co.jp

印刷
萩原印刷

製本
加藤製本

 ISBN978-4-488-02901-2　C0093